随心所欲

Follow Your Heart

陈晓萍

著

图书在版编目(CIP)数据

随心所欲/陈晓萍著.—北京:北京大学出版社,2014.9
ISBN 978-7-301-24593-4

Ⅰ.①随⋯ Ⅱ.①陈⋯ Ⅲ.①随笔—作品集—中国—当代 Ⅳ.①I267.1

中国版本图书馆 CIP 数据核字(2014)第 191644 号

书　　　名:	随心所欲
著作责任者:	陈晓萍　著
策　划　编　辑:	贾米娜
责　任　编　辑:	贾米娜
标　准　书　号:	ISBN 978-7-301-24593-4/F·4017
出　版　发　行:	北京大学出版社
地　　　址:	北京市海淀区成府路 205 号　100871
网　　　址:	http://www.pup.cn
电　子　信　箱:	em@pup.cn　　QQ:552063295
新　浪　微　博:	@北京大学出版社　　@北京大学出版社经管图书
电　　　话:	邮购部 62752015　发行部 62750672　编辑部 62752926　出版部 62754962
印　刷　者:	北京大学印刷厂
经　销　者:	新华书店
	730 毫米×1020 毫米　16 开本　15.25 印张　198 千字
	2014 年 9 月第 1 版　2014 年 9 月第 1 次印刷
定　　　价:	48.00 元

未经许可,不得以任何方式复制或抄袭本书之部分或全部内容。
版权所有,侵权必究
举报电话:010-62752024　电子信箱:fd@pup.pku.edu.cn

推荐序

台湾大学心理学系教授　郑伯埙

西方文化史大家哥伦比亚大学教授雅克·巴尔赞在总结五百年来的西方文化生活时,曾意味深长地指出:当代是一个拥抱荒谬的时代,因为生活在其中的人各怀心思,目的不一,而且自相矛盾。以科学与人文的分立而言,当科学创造出新的语言形式之后,着重于客观、非本真状态下的外在世界。从此,科学就不再是一种系统性的"常识",而需要特别模铸的心灵才能掌握。因而,处于主观、本真状态下的诗人对此世界再也无话可说,遑论创作史诗。于是,科学与人文分道扬镳,彼此不相投契,并分别以"肤浅而狭隘""怀旧而保守"的话语来相互攻诘。更吊诡的是,即使是最为睿智的心灵,对真理的主张,亦往往是一傅众咻,漫无归止;再加上追求利润极大、技术挂帅,以及玩弄政治权谋,人的生活早已经偏离常理,文明没有方向,只能徘徊在十字路口踌躇不前——的确是十足荒谬的样态。

在如此诡谲的历史场景中,如果有一种人能够出淤泥而不染,濯清涟而不妖,就会显露其独特与不凡。他们圆融和谐地生活着,似乎不受这个碎裂时代的氛围影响。映照着世界的慌乱嘈杂,给人一种对比强烈的鲜明感觉:在喧嚣中,宁静仍然临驻;在庸俗里,神圣仍然闪烁着耀眼的光芒。就像本书所描绘的:盲人不小心掉落财物,一位妇女拣拾据为己有;可是,一位店员却自掏腰包,如实补上。贪婪与悲悯形成巨大反差,故事虽然再平实不过,却有一股澎湃强劲且无可化解的张力,直扣灵魂深处。原来,行善者总会因其善行而变得崇高,作恶者亦总会为其恶行所障碍。荒谬的世界仍然不乏圣洁高超之士,他们是如此的光明随心,而能焕发着庄严的光彩,并展现绝妙无比的力量,在暗夜中闪闪发亮,点燃更多的光辉——也许那是一种"无缘之慈,同体之悲"的情操,不但拥有无条件、无回报的慈爱,而且具有超越时间、空间的悲怀。这种人间大爱,才是爱情的原本,随缘而纯粹!

可是,超越时空的纯粹要如何获致呢?有何攀爬之梯,或是点石成金之指,可以让人登高望远,彻底蜕变,并迈向自由?显然,这是人间行走最大的挑战,就像苏东坡的喟叹一般:"挟飞仙以遨游,抱明月而长终。知不可乎骤得,托遗响于悲风",超越一切的自由,可不是唾手可得的。虽然如此,纯粹自在的境界实在令人向往,绝对是穷极一生,也值得尝试的道路。因而,各式各样的卓越之士,前仆后继地自我淬炼,并留下种种的心得感想,或能提供一叶扁舟,航向彼岸;或能提点炼丹食气之方,羽化而登仙。可是,典籍虽然浩瀚,却总是言简意赅,实在难以明了其中的微言旨意。唐朝大颠禅师对《心经》的评述就说:短短二百六十七字,"未曾举起,已是分明";"可惜,其文大直,反而难晓"。更何况许多文字都是假借他人之手,曲解在所难免。

因而,尚需借助精进实修之士的反身观照,并自行将经验巨细靡遗地记录下来。这种实证功夫正是当代科学工作者的拿手绝活,他们的追求探索都冷冷地带着一种准确而精细的气息,描绘清晰,足以意会,亦容易言传。可惜的是,如实面对私我与个人的生命体悟,并不是科学研究的旨趣所在,因而,对精神性的存有,总是视而不见,始终没什么兴趣。他们在乎的只是外在的客观现实,就像左利的裂脑人一般。因此,如果有一位科学家愿意处理生命现象,并留下苦心孤诣的体验与人分享,必是功德无量。本书的"冥想随意"就是如此,它处理的正是一个具有生命意义的实在,透过客观的观察来剖析主观的经验,并给予翔实、不偏不倚的描述:"全身真气越来越足,毛孔不断扩张、收缩,再扩张收缩,呼吸似乎变得越来越长,有时一口气吸进到呼完可以持续一分钟……"历时两个半月的修炼过程,作者十分客观而仔细地记录了其心、身、灵的变化,并发现三者是可以合一的。更难得的是,文章所呈现的不只是"绣出鸳鸯从君看",而且"更把金针度与人",期望透过学术探索,构思一些可能的精进模式,帮助众生进入玄妙之门,并祝福芸芸众生都能因此随心所欲,臻于化境。其心胸怀抱,不能不令人感佩:"光明随心,爱情随缘,冥想随意;如来若退,通透寂静"。

展书阅读,宛如观看一幅国画长卷,有文字、图画、诗歌,寓意深远;有人间高士、学术巨擘、贩夫走卒,境随人转,人随景移;字里行间,透着玄机,灵气饱满,实在引人返思。思绪驰往,脑海浮现的竟是元代画家黄公望的《富春山居图》。虽然绘画和书写殊途异路,但两者之间却有着令人惊讶的神似:其作品似疏而实、似柔而刚;苍茫中见透劲,简洁中现浑厚,把创作提升到诗书画相结合的境地。黄公望其人,"天下之事,无所不知;下至薄技小艺,无所不能"。本书作者何尝不然?她一手掌握科学,一手揽住人文;一脚踏在东方,一脚踩着西方;理性中带有感性,感性中蕴含灵性,情深意长,空妙玄远;多才多艺,既能书写,又善摄影;精于诗词,又妙解音律——好一个六艺俱绝的卓越之士。古今辉映,岂是偶然?!

据说《富春山居图》的创作是"三四载求得完备",本书则是作者穷其毕身功夫书写的系列作品之一,只是长卷的局部,尚未完结,续集令人期待。掩书之余,除了赞叹与频呼不可思议之外,还能多说些什么呢?也才猛然惊觉:在这个碎裂的时代,竟然存有几分和谐的美感;而这个荒谬的时代,也仍然生机勃发,充满着无限的可能!

目 录

光明随心

与超男超女同行 ············ 003
去过两极的人 ············ 008
听收音机讲故事 ············ 010
幸运的大象在清迈 ············ 015
隐形的眼睛 ············ 019
见钱眼不开的流浪汉 ············ 022
你想和谁见面？············ 025
发现制度的漏洞 ············ 026
马丁·路德·金在哪里？············ 028
闻　人 ············ 031
时势与英雄 ············ 035
用西化管理提升中国民企的竞争力？············ 037

文化对公司的后果 ············ 039
《道歉大师》：一部嘲弄自家国粹的日本电影 ············ 041
上海偷闲 ············ 047

爱情随缘

诗情画意 ············ 061
飞行图景 ············ 094

冥想随意

缘　起 ············ 107

光明随心

与超男超女同行

孔子曰:"三人行,必有我师。"在今年十月初与我同行的五个人中,我觉得个个都是我师;不仅如此,他们还可以算得上是这个时代的超男超女。

先说超女 A。A 是美国管理学界的著名学者,不仅多次得到论文大奖,而且还担任过美国顶尖学术期刊的**主编**(华人学者中的**第一位**),以及全美管理学会的**主席**。该学会有七十多年的历史和两万名来自世界一百多个国家和地区的会员。A 在中国内地出生,中国香港长大,到美国读大学、工作,后又读博士并留在美国大学任教。20 世纪 90 年代中回到中国香港刚刚成立的一所新大学,担任**创系系主任**。90 年代末第一次去中国内地,为中国经济和商学院的发展所吸引,但又发现中国学者的研究水平参差不齐,遂决定从研究方法入手帮助中国学者。A 通过系里一个研究中心的支持,**创办**了研究方法培训班,每年从中国大学招收几十名有潜力的年轻学者,为他们免费提供为期一周的培训。后来这个培训班被称为中国管理学界的"黄埔军校",培养了一大批目前活跃在中国管理学术第一线的优秀学者。更有历史意义的是,在这个基础上,为了进一步提升中国管理研究在整个学术界的水平和地位,在 2002 年,A 又倡导创立了一个专门做中国管理研究的国际学会,成为该学会的**创会主席**,同时兼任学会会刊的**创刊主编**。经过十多年的努力,学会已经有超过六千名来自全世界八十多个国家和地区的会员,成功召开了五次大型学术会议,以及八个研究方法培训班。更令人鼓舞的是,学会的会刊已经加入世界一流学术期刊的行列,中国的管理研究也开始进入主流学术研究的领域。令人特别佩服的是,所有这一切事情都是 A 在教授本职工作之外的业余活动,既无报酬亦无奖励。现在 A 虽然已经退休,却还在孜孜不倦地经营着学会、会刊,并且继续带领年轻学子做有意义的研究,在中国、美国之间频繁飞行,每天忙得不亦乐乎。超女 A 的行为和思想对我的影响深远,与之同行,人生的境界迥然不同。

　　再说超女 B。B 是新加坡某大学的著名教授,早年曾在美国留学,之后回到新加坡,长期从事人力资源研究,近十多年来对文化研究着迷,创办了文化智商**研究中心**,不仅每年都有新的学术研究成果发表,而且投入了大量的精力开发测量文化智商的软件和产品,为跨国公司选拔和培养国际化人才做出直接的贡献。该中心的培训录像都到好莱坞制作,非常专业。与此同时,B 多年来还担任**系主任**的工作,管理一个有近五十名教授的大系,做得有声有色、风生水起,吸引了许多优秀的美国大学的学者前去工作。此外,B 还创建了世界一流的心理学实验室,拥有各种最前沿的研究器械和实验空间,让我这个热爱实验的人羡慕不已。不仅如此,B 还兼任大学与新加坡政府联合**项目的主管**,并且经常被邀请去企业或中小学做管理咨询。她办公室外面有两个小办公室,每个小办公室里有一名秘书,由此就可以想象她一人身兼数职的工作的繁重,但她却是举重若轻的模样,自己的办公室桌面上一干二净,墙上只有一幅巨型照片,是驶向一大片原始森林的道路,名为"Into the Woods"。第一次与 B 深度接触,即有相见恨晚的感觉。更让我敬佩的是,B 最近又接受了一项新的工作,担任一本全新的学术期刊的**副主**

编。"能者多劳"这个成语用来形容 B 实在是再恰当不过了。与这样的超女同行,我从中得到的鼓舞可想而知。

现在来说超男 C。C 是英国某大学的著名教授,从小在印度出生成长,后来到美国留学,博士毕业后先在美国的一所大学任教,之后又去了英国伦敦的一所大学任教。C 常年做与创业有关的研究,发表、出版了许多有影响力的论文和著作。从他现在担任的职务来看,就能发现他为什么是超男了。首先,他是学院的**副院长**,主管学院的教授管理(招聘、升迁、绩效评估等)。众所周知,知识分子大概是最难管理的群体了,由此可以想见其管理工作的难度之大。其次,他还担任学院创新创业**研究中心的主任**,主要责任在于与印度的大学和商业机构建立联系,共同进行研究课题,等等。更不要说他多年来还担任管理领域最权威的学术期刊副主编的工作,最近他又欣然接受了**主编**的工作,开始了每天平均要审阅三篇学术论文的生活。对一个普通学者而言,只要担任这三项工作中的任何一项就可能会达到焦头烂额的程度,而 C 能够同时抛三个重磅橘子还不让任何一个落地,只能让我佩服不已。然而,这一次我们在一起闲聊的时候,我还有了一个新发现,原来他还同时做着另外一件伟大的事情,那就是在印度建一所全新的私立大学!从校园的设计、系科的建设到教授的招聘等全程参与。他一年在英国、美国、中国、印度之间飞行之频繁叫我瞠目,却还能够把每一件事情都做到位,绝对是我学习的榜样。

超男 D 也非常令人震撼。首先是他的**学术高产**。在过去的 15 年中,他出版了 16 本英文专著,发表了 134 篇学术论文。这在美国管理学界的学者中实属罕见。不仅如此,多年来他还担任一本重要学术期刊的**主编**,审阅大量论文,并曾担任**系主任**。D 出生成长于中国,对中国国情非常了解,也与中国的大学有着情感上的联系。因此,三年之前他又勇敢地承担了中国某大学商学院**院长**的职务,每个月在美国、中国之间飞行。特别值得称道的是,他在担任院长之后,对学院进行了重大的改革升级,把美国大学的教授资源充分运用到提升学院的学术水平和学生的学术活动之中,比如请名师来做讲座、带学生做研究课题等;同时整合国内的企业家资源和政府资源,提升学院与商界的联系以及社会影响。短短三年时间,就让学院拿到了国际上最权威的三项认证。D 的个人学术成就和领导学院的成就均令人瞩目,让普通人望尘莫及。

超男 E 是英国某大学的著名教授,从事与创新有关的研究,对创新金字塔的底部情有独钟。他的研究基地多在非洲和东南亚,每年花很多时间在亚非国家讲学、做研究,还带儿子去非洲登山攀岩。E 多年来为美国管理学会服务,曾经担任其权威杂志的**副主编**(欧洲学者中的第一位)。特别有意思的是,与超女 A 相似,E 也热衷于**创立**新的组织和项目。E 是荷兰人,在美国获得博士学位,曾经先后在荷兰的两所大学任教,后来又去了英国。在荷兰的大学,他是学院管理博士项目的**创始人**,该项目后来在荷兰所有大学中排名第一。后来他又创建了学院的国际商学中心,成为**中心的创始主任**。到了英国的大学后,他又创立了共同创新实验室(Innovation Co-creation Lab),成为该**实验室的创始主任**。这项工作需要与东南亚、非洲、南美洲的跨国公司、非政府组织以及地方企业合作,研究如何设计创新团队、网络、科技园和商业模式,对提高落后地区的生活水平和质量有着重大的意义。E 一年中有几个月的时间在英国、美国、东南亚、南美和非洲之间来回奔波,他给我们的邮件大部分是在旅途中写的。特别值得钦佩的是,在每一封邮件里,他都有非常实质性的重要信息传达,而不是那种敷衍了事的话,显示出其做事情的认真和专注。

我之所以把 A、B、C、D、E 视为我师,是因为他们不仅是非常优秀的个体,更重要的是他们都为别人和社会做了很多事情。超女 A 和超男 E 是创始者(Founder),他们在不断创造新的组织的时候为社会创造价值。超女 B、超男 C 和 D 是建设者(Builder),他们通过自己的贡献把已有的组织变得更有价值。与此同时,他们的工作也影响了千千万万的学子和民众,成为推动社会进步的力量。

能够与这些超男超女同行,我深感荣幸。

2013 年 11 月于美国西雅图

去过两极的人

在我的朋友中,有三位特别让我肃然起敬。其中一位去过南极,另一位去过北极,还有一位用最短的时间(三年三个月零六天)单枪匹马访问了联合国旗下的195个国家(外加南极),创造了吉尼斯世界纪录。

凑巧的是,这三位朋友都是大学教授,并且在各自的领域内均卓有成就,属于"大牛级"人物。不知道是因为他们对人生和事业的彻悟使他们产生了登上地球顶端的愿望,还是因为他们长期以来看待世界的目光不同而导致其对事业和人生的彻悟。总之,他们身上都具有一种无法用语言描绘的精神和气质,那种站在世界的顶端看自己、人类和社会的胸怀,那种不断挑战自己、超越自己、实现自我潜能的勇气。

去过南极的朋友是中国大陆的大学教授,对中国的经济和社会问题有着相当深刻的洞察及直觉,经常一针见血指出问题的本质,并且给予深入浅出的解析,在渗透理性的同时妙语连珠。更加可贵的是其"当局者不迷"和"出淤泥而不染"的品质。一个人能够做到时刻头脑清醒、不与时代潮流同流合污是相当不易的事情,而这位朋友在过去几十年里中国社会的道德行为规范发生巨大变化的过程中我自岿然、不摇不摆的姿态在学者中可算是凤毛麟角。

去过北极的朋友是中国台湾的大学教授,对华人的心理和领导力有非常深邃的领悟及观察,并且始终带有一种普世情怀,对芸芸众生充满爱心。其看破红尘却又入世生活的通透态度,让我产生内心深处的共鸣。其文字更是力透纸背且美妙绝伦,增加了阅读的享受。看见他们"北极行脚"的图片,登上冰天雪地的极顶之后,围坐一圈为人类的和平幸福集体诵经两小时的场面让我感动得不知所以,眼泪情不自禁就落了下来。

那位创造吉尼斯世界纪录的朋友是美国大学的华人教授,研究人类大脑的信息加工过程,把脑科学和计算机科学结合起来,推演出排队网络心理架构的九大乐章,对认知科学做出了重大贡献。我长期以来都认为他是我的朋友中最聪明、最有才的,只要设定了目标,不管别人认为有多困难,他都可以将它实现,而且看起来还一点不费力气,举重若轻。当年在杭州大学,他是德智体美全面发展的明星学生;到了伊利诺伊大学,他是唯一一个要攻读两个博士学位(心理学和计算机科学)的超人学生。从教之后,又是连年获得最佳教学奖的教授,并且科研成果层出不穷。即使如此,他居然还抽出时间独自一人旅行了195个国家和地区,而且每到一个国家,一定去参观那里的一所大学。在不断超越自我的人群中,这位朋友绝对是一个典范。

去过两极再体悟人生,境界一定大不相同。什么时候我也能加入他们的行列呢?

2013年9月于美国西雅图

听收音机讲故事

听收音机讲故事,在这个互联网时代似乎可以算是老掉牙的古董了。我记得自己小时候喜欢坐在收音机旁,认真倾听那些绘声绘色读出来的小说,或者是电影录音,通过自己的想象把语音变成画面,来还原故事的完整面目。可是自从有了电视、网上视频之后,我几乎就不再打开收音机了(除了开车的时候)。

然而开车的时间其实还是挺多的。每天上下班、接送女儿上下学,在车上就会度过一个多小时。此外,每星期接送女儿参加各种活动(钢琴课、小提琴课、青少年交响乐队等),也会在车上消磨四五个小时。在这些时间里,收音机就成了我们的最佳伴侣。我们最喜欢的电台是本地的古典音乐(Classic Music)台,主持人对古典音乐和音乐家的了解非常深入,经常妙语连珠,而音乐本身又是那么动人心弦,让我们百听不厌。有时遇到特别心仪的曲子,要下车了还舍不得离开。

另外一个电台就是 National Public Radio(NPR)。虽然直接翻译成中文是"国家公共电台",但其实国家一点都没有参与电台的运营或内容,全部是民间维持的(Listener Supported)。这个电台每天的不同时段都有固定的栏目,我们最喜欢的是周六的"Wait Wait don't Tell Me"和周日的讲故事栏目。前者是每周要闻总结,通过邀请名人前来参加小测验,回答与新闻有关之问题的方式展开。主持人不仅对本周的新闻了如指掌(发生在各个领域的:政界、商界、文体界等),而且极尽幽默风趣讽刺挖苦之能事,一一挖掘每一条新闻的可笑之处。节目通常请两到三位名人同时前来回答问题,答对最多者获得奖励。曾经出场的名人有奥巴马夫人和比尔·盖茨的夫人,也有演艺界的明星,等等。这些嘉宾也不怕出丑,答不出的问题自己杜撰答案瞎猜一通,惹得听众哈哈大笑,我们常常在车里也笑得前仰后合。

而星期日的讲故事栏目则让我产生回到童年的感觉。其中一个节目叫"The Vinyl Café",这个节目的主持人嗓音苍老,从世界各地征集故事,然后栩栩如生地讲述它们,把听众带进故事的情境之中。这些故事有的如主持人的嗓音一般古老,有的离奇离谱,有的现实真切,但不管如何,都很耐听,有强烈的幽默感,意料之外情理之中,并能留有回味。另外一个节目是由被选上的故事撰写者自己讲述,故事必须真实并且发生在自己身上,任何杜撰的故事都不能入选。这些故事大多短小精悍,引人入胜,且有很强的震撼力。比如有一个故事是我几个月前听的,但至今难忘。

讲故事者是一个黑人,这是在听到他描述自己上小学时全校只有一个白人的时候推论出来的,因为他口音纯正而且我在收音机里看不见他的肤色。而那个白人就是他们学校的女校长。故事一开始就描述了女校长的威严,任何学生看到女校长走进自己的教室都会紧张发抖,生怕自己做错了什么。同时他也描述了女校长随和友好的一面,比如在教室外面如走廊、饭厅里与学生和老师交谈聊天,等等。学校的每一间教室正面的墙上都挂着一幅画像,那就是《耶稣受难图》。全身赤裸的耶稣被钉在十字架上,头微微下垂,鲜血顺着钉住的手脚往下流。画上的耶稣当然是一个白人(可见讲故事的人叙述的是多年之前的往事,那应该还是美国种族隔离的时代)。学生每天都被要求看着这幅画像,祈祷并感谢上帝。女校长在学校里经常鼓励学生要努力自强,今后成为社会的栋梁。但是,当时是小学生之一的故事讲述者,每次看到画上的白人耶稣时,总是感到自己身为黑人低人一等,而且白人耶稣似乎与自己也没有什么共同点,无法把自己的祈祷变成现实。有一天他就问白人女校长:"为什么耶稣是白人而不是黑人?"女校长静静地看着他,没有回答。

过了几天,他正在上课的时候,女校长敲门走进了他们的教室,神情严肃。大家都很害怕,不知道自己做错了什么。女校长看了他们一分钟,什么也没说,随后自己搬了一张板凳到黑板下面,慢慢站了上去。小板凳在她微胖的身子下吱吱作响,大家都屏住呼吸,大气不出。只见她小心翼翼地把挂在墙上的耶稣像取了下来。然后,她走出教室的门,把一张新的画像挂了上去。大家一看,那张画仍然是《耶稣受难图》,但不同的是,这个耶稣是一个黑人。

就这样,女校长在那一天一间教室一间教室地走过去,亲自把三十多间教室里的《白人耶稣受难图》取下来,换上《黑人耶稣受难图》。坐在每一间教室里的每一个学生都经历了与讲述者同样的震撼。从此以后,在所有学生的心里,耶稣就变成了一个黑人,成为他们中的一员。

校长为什么没有委派其他人来做这件事,也没有在非上课时间悄悄地把画像换了?讲述者认为,这是他有生以来上过的最重要、最有价值的一堂课。

另外一个故事是最近听到的,当时在车里眼泪就禁不住打转。故事的讲述者是一个年轻女孩,看不见肤色容貌,但随着故事的展开,我能推断出女孩是美籍伊朗人。故事从她在伊朗的一次面试开始,那是她6岁时的入学面试,身穿穆斯林服装的女士一边问一边记录,问题包括"家里有没有有线电视""有没有去过美国",等等。事实上女孩的家里非常西化,父母也从来不禁止她看各种电视节目,但她不敢说,因为她妈妈警告过,如果她如实说的话,她就不能被录取上学了。在伊朗生活的时期,女孩坦言她一直过着"双重生活"(Double Life),就是在家里一套,在外面一套。一开始她非常不适应,尤其是每天在学校都被要求说一百遍"美国人该死"(Death to America),她的亲姨妈(母亲的妹妹)就住在美国,那不是咒她姨妈吗?

后来她们全家在她9岁的时候移民美国,她才发现每个人都有自由,都可以发表任何言论,不再需要双重生活,因此感觉无比轻松;原来在伊朗生活的经历也慢慢从记忆中消退。二十多年后(2009年)当她再次踏上伊朗的土地时,一闻到空气中的石油味儿,所有的记忆才翻江倒海般地泛了上来。她再次回到双重生活的状态,白天穿上穆斯林服饰在外面与别人交往时小心翼翼,晚上回到家就换上裙子、高跟鞋与好友去地下舞厅喝酒跳舞。她也观察到伊朗的民主进程,因为那一年正好进行总统换届选举。她发现整个选举过程看起来十分民主,甚至与美国的总统大选没有太大差异。从选举前对结果的访谈预测的公布,到选举时在电视里实况播出选举票数,其透明公开程度都让她十分兴奋。但没想到在确定原来的伊朗总统已获得2/3多数选票时,电视屏幕突然变黑,然后就出现了一朵玫瑰,从此定格。

第二天,国内电视停播,互联网上不去,电话也没有信号。她和家人只能通过非法渠道从国外的媒体上获得消息,得知全国各地抗议选举舞弊的活动已经达到高峰,警察通过子弹和催泪弹攻击市民,她如果上街的话,也将面临生命危险。此时,她在美国的母亲为她购买了返美的机票。她躲在外公居住的22层高的市中心公寓里,目睹窗外抗议的民众,听到各种呼叫声的时候,心里直感到内疚。她想,她小学时的伊朗朋友只有两种选择,要么认命向独裁者投降,要么上街直面献出生命的威胁。而她却可以有"逃离"这些的第三个安全的选择。三个星期后,她终于拿到了机票。在出关时,她拿出了伊朗护照给警察检查,不料警察大喊一声,问道:"你的美国护照呢?"(她的伊朗护照上没有美国签证,被警察看出来了)她不知是凶是吉,就乖乖地拿出了美国护照。警察接过护照,沉默地看了一分钟,然后眼睛湿润地看着她说,"你真是个幸运儿"。

收音机里播出的这些由当事人亲自讲述的精彩故事,对我的震撼绝不亚于通过影视或多媒体表现出来的。口述的故事甚至给我更大的想象空间,让我自己去完成对影像的构造,因而在大脑里会有更深刻的加工,记忆会更长久。

如此看来,不仅讲故事不会变成消失的艺术,收音机也永远不会过时,至少对我是如此。

2014 年 1 月于美国西雅图

幸运的大象在清迈

大象是许多南亚国家的吉祥动物,在印度或泰国,有关大象的艺术作品如雕塑、绘画、瓷器、布艺等常常是琳琅满目。大象温和、善良、素食,又调皮、聪慧、负重,深得人们的喜爱。但是大象的命运常常不算乐观,因为它嘴里长了珍贵的象牙,就成了被杀戮的对象,使有些象种濒临灭绝的危险。

大约十七年前我们还在中国香港生活的时候,曾带着女儿贝贝随旅行团去泰国玩,其中有一站就是去大象农场,可以近距离地喂大象吃香蕉。那一年正好是贝贝对小飞象 Dumbo 的故事着迷的时候,见到大象自然十分亲切。但是从中国香港去泰国玩的一行人员竟然没有几位敢用手去碰大象,有几个家长鼓励自家的小朋友去喂"大笨象",但孩子们都往后缩。其实我自己也害怕,不敢离象太近。只有贝贝一个人勇敢地拿着香蕉把它送到象的长鼻子孔处,大象一卷鼻子,就把香蕉送进了嘴里,看着很有趣。但那时导游没有太多介绍大象农场的情况,我们回中国香港后,也就忘记了,只有看见贝贝那张给象喂香蕉的照片时,才想起泰国的大象。

去年冬天放寒假的时候,我们全家决定去泰国旅行。一是因为泰国冬天的气候比较好,北面的山、南边的水都很美;二是因为贝贝前年夏天在泰国"上山下乡",生活了两个月,这次去她可以带我们"回乡"参观。当时她就和十几个大学同学住在清迈附近的一个大象农场,与农场的一家人同吃同住,在炎热潮湿的夏天住在完全没有空调和互联网的山上,经受了艰苦生活的磨炼。他们并不帮助农场主经营与大象有关的业务,只是借住在那儿,但帮助整个地区进行于生态环境有益的活动,比如种树,帮助当地人用农作物的原料做有机肥皂,给当地的中小学学生教英语,等等。但是,他们了解了大象农场的经营理念,就是要像对人一样尊重大象,不给它们套上枷锁;也不在它们的背部放上座椅再让人骑,使它们遭受痛苦;更不鞭打它们。大象的体重平均在一吨左右,每天要吃掉几百斤食物,因此抚养一头大象的成本很高。清迈地区青山成片,山间又有溪流,是放养大象的好地方。农民们为了保持大象的繁衍,就开辟了观光旅游项目,用游客买票的收入维持收支的平衡。所以我们在去清迈之前,就在网上寻找可以提前预订的"大象之旅",没想到贝贝原先居住的那个农场的票已售罄(看来这项旅游活动很走俏),只好订了另外一家农场的票,且票价不菲。

我们住在清迈城里的艾美酒店(Le Meridien),离大象农场有50公里左右。一清早农场主就开车来接我们,看他们穿着厚厚的外套,我们很诧异,心想这么热的天,怎么回事?在清迈,所有的出租车都是敞篷的,有点像美国的小货车,但车身更矮一些,且更长一些。乘客就坐在两边的椅子上,一辆车一般可以坐八个人,一边四个。我们上车后,又去了另一家酒店接了四个人,都是从美国来的,一对夫妻加两位男士。车子开起来之后,不仅噪音巨大,而且凉风从四面八方吹来,把我们一个个都吹得直打哆嗦,才知道清迈的早晨是多么清凉,这才意识到外套的作用,但为时已晚。对面的几位都是短裤T恤的打扮,也都快缩成一团了。一个多小时后,我们终于抵达隐藏在深山里的大象农场。

下车之后先换上粗布做成的长衣长裤,这样皮肤就不会直接触碰到大象身上的汗毛了。大象的皮又粗又皱,汗毛虽然看上去很细,但其实很硬,因此如果不穿上粗布衣裤的话,因为是直接坐在大象背上,那些汗毛就会把皮肤扎出血来。之后我们去"会见"大象,有五六头的样子,各自随意地站着,很放松。农场主把一头小象领到我们面前,并把一大盘香蕉一个一个掰下来,交给我们,让我们自己去喂它。小象的个子和那几个美国男士差不多高,好像很饿的样子,大家就轮流上前去喂。农场主还让大家挨近小象,让象用鼻子去亲人的脸,结果小象鼻子上的烂泥就到了人的脸上,好几个大花脸产生了,大家哈哈大笑。

在骑大象之前,有一位个子不高的西方人过来告诉大家一些基本的骑象要领,整个大象身上只有近脖子处有一条绳索,是给骑象者拉的,预防不小心被象颠下来。但他说这么多年来从未有过事故,所以请大家放轻松。一头大象上可以坐两个人,我们的两个宝贝女儿很快就选了一头大象骑了上去,但是轮到我的时候,一看到大象身上的皱皮,而且皮还会一动一动地上下起伏,我就怎么也不敢爬上去;不管大家如何鼓励,我都上不去,非常惭愧。于是我就只能跟着大象走,没想到与我们同行的另一位个子最高的男士也不敢上象背,只有他太太一个人骑在上面,给我些许安慰。大象走得很稳,一步一个脚印,走过坡地、烂泥地、石头丛生的地方,都非常稳健。我后悔没有上去,只能靠自己的脚走过那些高低不平的地方。但是一路上风景优美,周围绿树成荫,溪流潺潺,完全是一片世外桃源!

等走到溪水聚合的水潭的时候,领队的骑象人让大象慢慢走入了水中,水将近淹没到象的背部,这时人可以下到水中与大象嬉戏。先给大象洗澡,然后大象用鼻子吸满了水之后就开始喷水。水潭里还准备了一些水桶之类的工具/玩具,让大家充分参与。溪水清澈,天空晴朗,青山绿水,蓝天白云,人和自然、大象和自然融为一体。我突然意识到,在这里生活的大象是多么幸运和幸福。

中午吃饭的时候,大家坐在一起聊天,大象们也开始在有屋顶的草棚下进食,又有一队旅行者到来了,他们围着大象看来看去,和大象拍照。那个刚才告诉我们骑象要领的西方人也过来和我们聊天。我们问他在此担任什么角色,他就主动告诉我们他来自瑞士,现在常年生活在清迈就是出于对大象的热爱。他成立了一个拯救大象的组织,建了网站,呼吁大家关注大象的生存状态,并且鼓励大家来清迈看大象,骑大象,增加对大象的了解,并且通过旅游的方式积累资金,推进大象农场的可持续发展。我突然想到当年白求恩大夫不远万里来到中国的事情,立刻对这位不远万里来到泰国拯救大象的"白求恩"肃然起敬。这种超越自我、超越种族、超越国界的大爱情怀令我感动;想到我们来骑大象其实也是对这项事业的一种支持,心中也顿觉安慰。

有这么多人爱着的清迈大象,我为你们深深祝福。

2014 年 3 月于美国西雅图

隐形的眼睛

最近与朋友一起习道练功,发现其中的"Mindfulness"(觉知或正念)和"整体意识"与我多年前顿悟到的一个意念不谋而合,那就是跳出自己的身体,让自己成为自己的旁观者。仿佛自己的身体内长了一只隐形的眼睛,可以随时跑出去从头到尾审视自己。

至今我还记得当时产生这种感觉的那一刹那。那是我还在伊利诺伊大学香槟分校读书的时候,好像是一个冬天,因为各种各样的压力,情绪始终比较低落,出于习惯,情不自禁地要去分析。那时,我几乎每天都把梦记录下来,从梦中寻找各种线索来理解自己的感受和愿望。久而久之,我开始把自己看成一个客体,而我则是那个客体的心理医生,来全面解剖其深层的欲望和情绪、思想和忧虑、追求和逃避。在我面前,那个客体坦诚透明一丝不挂,一切都暴露无遗。从改头换面的梦中呈现出来的蛛丝马迹里,我看见自己的懦弱、贪生、挣扎、焦虑,外加少许模糊不清的期许和欲望。这个自我解剖的过程让我加深了对自己的了解,同时也更加能体会我周围的人的心理,似乎开始能洞察人心了。有趣的是,那天从心理系大楼出来,走了没几步就踩到一摊积水,我往下一看,立刻看到自己的倒影,就是那一刻,我看到了自己的那只隐形的眼睛。这只眼睛从此以后就始终跟随着我,不再离开。

从心理学的角度,这其实是人的一种自我意识(Self-awareness)觉醒(或者也可以叫觉知),这种自我意识,不仅发生在一件事发生之前或之后,而且发生在那件事正在发生的时候。有了这样的自我意识,通常就不容易陷入其中,即使陷入也会很快跳出来,因为那个旁观者的我会站在不同的角度解读,自己也就多了一个视角,会变得更加从容淡定。后来发现,这样的自我意识还会使自己看到更加广阔和深远的东西,就像用谷歌地图来伸缩的话,自己可以立刻就变成宇宙万物之间的一粒尘埃,无足轻重。或者是从时间维度去思考,现在只是历史长河中的短暂瞬间,有什么必要纠结忧虑呢?更加有意思的是,这样的自我意识也让自己更加放松,而且就像看别人一样,在做出错事或蠢事的时候,敢于自嘲,敢于承认自己的无能和愚蠢。每个人都会犯错误,有什么了不起的呢?"不以物喜,不以己悲"的境界可能就是这样逐步达到的。

开始练习静功之后,这种旁观者的感觉越来越强烈,因为练功所要达到的理想境界是清空大脑,而事实上脑中的杂念纷飞从不间断。因此,练功的一项任务就变成观察自己的杂念,看它们飞过来飞过去,但不能让自己的思路跟着飞走。看着飞就是观察,而跟着飞走就是自己投入了。练功最忌讳的就是投入,必须时刻提醒自己出来做旁观者。我自己以前有觉知感但从没有试图用文字叙述,认为是隐性知识,三言两语说不清楚,但是对于练好静功来说,这一条要求就必须解释得很明白,就是将隐性知识变成显性知识。有意思的是,去年我在新加坡访问时与一位同事谈到触及心灵深处的话题时,我竟然第一次用语言描述这种感觉,我原以为同事会认为我是在妄语,没想到她却一下子领会了我的意思,估计她自己也曾有过类似的感觉吧;难怪她总是那么淡定,见怪不怪,同时又坚定不移地执着于自己追求的理想和事业,超脱于许多同龄学者。

  时间长了,渐渐发现做自己的观察者其实是一件让人十分开心的事。看着自己的念头飞来飞去不仅好玩,而且经常能看见一些意想不到的奇观。倘徉在是我非我、无念无我的边缘,对人生的大彻大悟也许就近在眼前了。

2014年3月于美国西雅图

见钱眼不开的流浪汉

2013年9月16日,美国国家广播公司(NBC,全美三大电视台之一)报道了一则令众人侧目的新闻:

> 波士顿的一名流浪汉在一家TJ Maxx商店门口发现了一个双肩背包,背包里装有2 400美元现钞以及39 500美元的旅行支票。流浪汉当即就将背包交给了警察。

从电视上的图像来看,流浪汉的年龄大概在五六十岁左右,黝黑清瘦,脸上有着开心的笑容。面对记者的采访,他只说他觉得失主一定会很着急,所以就这样做了。更有意思的是,画面上显示的几叠现钞边上,放着失主的中国护照。

这则新闻立刻让我想起"拾金不昧"四个字,那是当年在中国社会提倡学雷锋做好事时频频出现的成语。当时还有一首著名的儿童歌曲:

> 我在马路边,捡到一分钱,交到警察叔叔手里边。叔叔拿过钱,对我把头点,我高高兴兴地说一声:叔叔再见!

我不知道今天的中国儿童还有几个会唱这首歌,但是从新闻报道中不断出现的那些贪官、裸官的故事中,似乎觉得在中国拾金不昧的人已经屈指可数了。因为在某种意义上,"金"已经变成了许多中国人追逐的人生目标,而不只是实现人生目标的手段;相反,为了"金",别的东西,比如道德、人品、正义、亲情、友情都可以变成手段。

在这样的背景下,看到一个无家可归的美国流浪汉,竟然见钱眼不开,主动把从天而降的巨款交到"警察叔叔"手里边,而且巨款的失主又是来自拜金主义盛行的中国的时候,对我的震撼是巨大的。

没多久,我在美国公共无线电台(NPR)里又听到了另外一则与钱有关的新闻,说的是在 Dairy Queen(一家快餐店)工作的一名 19 岁的小伙子,看到一位双目失明的顾客从钱包里掏出 20 美元,不慎掉落在地,自己却毫无觉察,而排在他身后的一名妇女看到之后,从地上捡起了钱,竟然把它放进了自己的钱包。小伙子看得目瞪口呆,就立刻质问那位妇女,但妇女死不认账,拒不还钱(显然是一位见钱眼开者)。小伙子非常生气,就对那位妇女说,你若不还钱,我就不为你服务,请你立刻离开本店。妇女只得气冲冲地离开快餐店。小伙子掏出自己的钱包,从里面拿出 20 美元交给那位掉了钱的盲人。他自己完全没有把它当回事,但这件事却被当时在餐厅就餐的一名顾客看在眼里,之后就发邮件给 Dairy Queen 总部,经理知道这件事之后,就把它放到了网上。结果就被全国人民看见了。

20 美元看上去虽少,但由此反映出来的一个人的品格却是高尚的。在快餐店工作的小伙子自己挣钱不多,但是他身上的正义感、同情心和为了维护正义敢于牺牲自己利益的精神,对我具有同样的震撼效果。

流浪汉拾金不昧的新闻被报道之后,立刻就有人建立了专门的网站为他捐款,不到两天时间,由素不相识的陌生人捐助的钱数已近十万美元。而自己掏钱还给盲人的小伙子,在第二天就收到来自沃伦·巴菲特(Dairy

Queen 的大股东)的感谢电话,还有公司主动向他提供工作机会,更有众多的顾客给他留下很多小费。人有良知,人心向善,就这样通过"好人应该有好报"的朴素理念指引下的陌生大众的自发行为表现出来。在这样的社会里生活,多的是感动和温暖。

流浪汉的名字叫 Glen James,小伙子的名字叫 Joey Prusak,他们是我心目中的英雄。

2013 年 10 月于美国西雅图

你想和谁见面？

紧邻我住的酒店的那座大楼里，有一个名人蜡像馆。因为蜡像馆在 10 楼，所以一般人都看不见。为了引起行人的注意，在大楼底部的大理石墙上，用霓虹灯写下了六个鲜红的大字："你想和谁见面？"

我第一次路过大理石墙的时候，觉得这个问题很有趣，好像专门在问我一样。我就想，嗯，我很想和我的宝贝们见面，可是她们不在上海，我见不到。

第二次看到这个问题的时候，我开始想为什么会在这面墙上写这个问题呢？难道这里是上海人经常约会的地方？就像香港铜锣湾的时代广场，或者伦敦 Heathrow 机场的 Meeting Point？

第三次看到这个问题，我才把目光从这几个字上移开，上升到大字上面的大型屏幕上，结果一下看到了成龙的全身蜡像，还有英国女王伊丽莎白的，等等。突然恍然大悟，原来这个问题应该是："你想和哪个蜡像见面？"

人总是容易先把自己的所思所想投射到看到听到的东西上，然后才看见全貌。"你想和谁见面？"就是一个有意思的测验。

后来我再看到这个问题时，只能忍俊不禁，哈哈大笑。

2013 年 11 月于中国上海

发现制度的漏洞

最近在美国发生的两起重大事件,都反映出管理制度的松垮和漏洞。一起事件就是爱德华·斯诺登(Edward Snowden)窃取国家安全局的监听机密逃往他国,并且不断爆料被监听的对象和国家,在国际上引起巨大反应,以致巴西总统决定取消10月份对白宫的访问。第二起事件就是在华盛顿海军基地发生的严重枪击案,阿伦·亚历克西(Aaron Alexis)用三把手枪射击,使12名无辜的工作人员中弹身亡。巧合的是这两位肇事者都是原机构雇用的"合同工"(Contractor),而且他们都是通过合法的渠道获得机密信息(斯诺登)或是进入安保措施森严的海军基地大楼的(亚历克西)。

从披露的消息来看,不管是国家安全局还是海军基地,在人员管理上都存在许多漏洞。首先是在招聘员工时在背景调查上的草率和判断的马虎。其实二人在进入机构之前,历史都小有问题,斯诺登连高中都没有毕业,也从未有过一份正式的工作;亚历克西更是劣迹斑斑,在过去10年中有过多次发怒、走火等事件,在出事前几个星期还在进行精神治疗(因为出现幻听现象,是精神分裂症的表现之一)。就是这样的两个人,居然可以在与国家安全高度关联的机构工作,可见"政审"这个概念在美国几乎不存在,或者说完全没有市场。

其次是在信息管理上的疏忽。斯诺登并没有通过什么特殊渠道获得这些机密,因为所有这些信息都是公开挂在国家安全局的内网上的,工作人员只要有口令就可以进入。并且,局里没有规定合同工必须得到上级批准才可以拷贝文件,或者必须有他人的监督才可以拷贝文件,表现出对所有员工的无比信任。因此,斯诺登钻了这个空子,一个人单枪匹马就把所有文件拷贝了下来。但是,国家安全局确实有制度规定所有的材料不得带出局外,但可能因为对局里人没有防范,所以斯诺登轻而易举地就蒙混过关了。据国家安全局的发言人说,将信息挂在内网上是为了确保信息充分的共享,促进信息流动的顺畅。当然,他们也将保密工作看得非常重要。只是在这两个目标中,更侧重于信息分享。在此次事件之前从未出现过问题,因此并不知道原来的制度其实存在很大的隐患。

再说亚历克西,因为出现过若干次暴力倾向的案件,以及其精神状态的问题,他其实早已被海军基地辞退,只是一个"前工作人员"。但奇怪的是海军基地并没有把他列为"高危人员",更没有没收他的门禁卡,以至于他可以合法进入,在所有人都毫无准备的情况下,开枪射击。

很显然,两起事件发生的原因都与不严密的管理制度有关。从现在起,国家安全局已经出台了新的信息管理制度,以防止类似事件的发生。海军基地尚未宣布任何举措,估计不久之后应该也会有所反省。制度的漏洞等到出现重大事故时才发现,教训可谓惨重。

当然,其实从最理想化的角度,不用制度就可以做到不出事故是最经济有效的,因为一有制度就有管理的成本,而且有外化行为动因的可能。但是,宽松制度的前提是对人的充分信任,而要做到这一点,最重要的其实还是在招聘过程中的审慎,除了技能,更要重视人品和价值观。

2013 年 9 月于美国西雅图

马丁·路德·金在哪里？

半个世纪前的今天，马丁·路德·金做了《我有一个梦想》的演讲，在聚集了25万人的林肯纪念堂，他的声音透过麦克风，在空中久久回荡。就是这个演讲，引起了多少挣扎的人心的共鸣，鼓舞了多少人追求公平的决心和意志。这个憧憬社会公正人人平等的梦想属于全人类，属于各色人种，那是所有人的梦，因此才有如此强烈的震撼性和团结性。这个演讲让所有的人都感觉崇高，那么多流淌的热泪产生了洗涤心灵污垢的作用。在那一刻，他是上帝的代言人，是一个穿透了人们心和灵的布道者。

最新一期的《时代》杂志把马丁·路德·金称为美国的国父，加入华盛顿、杰弗逊的行列。

在今天，谁可以承担这个角色？

马丁·路德·金演讲现场

1963年8月28日华盛顿大游行

闻 人

在英文中,当发现有什么事可疑或不对劲的时候,往往会说"It does not smell right"。如果发现有人不诚实或者有遮遮掩掩的行为,也会说"It does not smell right"。本文中的"闻"字由此而来,闻人就是"Smell People"。在美国流行的电视剧《超感神探》(*The Mentalist*)中的男主角 Patrick Jane,以及《福尔摩斯:基本演绎法》(*Elementary*)里面的夏洛克·福尔摩斯(Sherlock Holmes,现代版福尔摩斯),就具有闻人的本事。一般人看不见的蛛丝马迹,在他们的火眼金睛里,立刻成为判断一个人诚实与否的重要线索,而且几乎有"百闻百中"的概率。

现实生活不是电视剧,但一些人确实具有较为独特的闻人本领。我们系里就有这么一位教授 K,在大部分人未掌握确凿证据之前就有先知先觉,而且那位被怀疑者在最后的关键时刻竟然被"不幸言中"。这位教授让我刮目相看,心生敬佩。

在美国的高校,每年都要进行一次绩效考核,考核的领域有三个:研究、教学、服务。此外,一个年轻教师入职之后,给五年的时间准备,之后进行终身教授的资格评审,通过者即拥有该大学的终身教职。我系有一名助理教授 Z,今年需要评审。Z 毕业于美国名校,长相甜美,尤其是那双忽闪忽闪的大眼睛和又长又弯的睫毛,非常讨人喜欢,被人称为"Charmer"。入职之后,Z 很快就赢得了学生和同事的喜爱。Z 经常对其学生吹嘘自己,说自己除了在学校的经历之外,还有业界的经历,比如在某著名大公司当过金融分析师,又在某公司做过管理咨询工作,给许多高管做过个人教练,培养他们的领导才能。学生们又钦佩又羡慕,这么年轻貌美的教授原来资历这么不一般。每一年教学评价下来,Z 的得分都很高,在系里成为明星教师。

然而 K 却一直很疑惑 Z 的业界经历,因为从其年龄来看,似乎没有时间去做这些工作。但是 Z 每次讲到其业界经历时,都是言之凿凿,令人没有怀疑的余地。而且因为 Z 在各种场合都讲,已经大有真理的模样,其他同事也就都信以为真。唯独 K,一直无法排除心中的疑虑。有一天,K 来到我的办公室,拿出 Z 自我报告的简历,指给我看几个条目,让我判断一下。我一看,顿时也疑点丛生。首先,Z 2001 年才大学毕业,但是在 1999—2001 年间,已经是某大公司的金融分析师。其次,在高中的时候,Z 已经担任管理咨询师。最后,Z 在就读博士期间,已经担任了若干公司高管的领导力教练。一个全职大学生同时在某大公司担任全职金融分析师的可能性几乎为零,最多就是暑期实习生罢了。看来 Z 的简历中水分很大,是一个"讲大话"(Stretching Truth)者,需要警惕。但是,这些疑点无法查证,尤其是那家著名的大公司已在十多年前破产了。我们只能将这些疑点埋藏心中,绝不能拿这些无法求证的东西去给同事抹黑。

虽然教学成绩优异,但令人遗憾的是,Z 的研究一直上不去,连续几年都没有发表高质量的论文,直到今年夏天,总共才只有两篇质量说得过去的论文(我们需要五篇)。在学术界工作的人都知道,在顶尖杂志上发表论文有时感觉比"登天"还难,因为其拒稿率通常在 90% 以上;而且发表一篇论文的周期很长，一般要 3—5 年。几乎没有一篇论文不需要经过数次修改就可以发表的。因此，如果一篇论文能够得到主编的修改邀请，就已经值得写进自己的简历，表明自己未来的发表潜力了。此外，在我们的研究领域，作者排序也很重要，贡献最大的研究者通常是第一作者。而 Z 在多数论文里排名都在第二或第三之后。

眼看终身教授评审在即，Z 显然非常着急。第一个表现是找系里的每一位有投票权的教授谈话，请求他们的指点和支持。凭借自己的可人魅力，Z 相信自己能够找到若干支持者。Z 当然也找了 K 谈话，让 K 立刻感觉到其可人魅力对其他异性教授可能产生影响，但是 K 自己很警惕。第二个表现是找自己论文的合作者（尤其是那些第一作者）写支持信，让他们表明虽然 Z 不是第一作者，但其实她对论文的贡献是很大、很重要的。这些信后来都被放在评审文件里了。

在我们正式开会讨论评审 Z 的终身教授资格时，Z 的简历上除了已经发表的论文之外，还有两篇值得关注的论文，一篇处于二审阶段，在我们领域的一家顶尖期刊上；另一篇在初审阶段，也在一家顶尖期刊上。会议刚开始，一位在我们学界和系里德高望重的教授告诉我们，他刚从 Z 那儿听说那篇原先在二审阶段的论文已经被邀进入三审，因此很有希望被接受发表。我们大家听了都很高兴。这条信息因此成为我们预测其未来发表潜力的重要依据。

有趣的是，心存疑窦的 K 在会后又仔细阅读了一遍评审材料，特别是其中一位合作者（就是现在进入三审阶段的那篇论文的合作者）的支持信，觉得有点问题。我问 K 问题在哪儿，K 说那封信是在暑期写的，从信的语气来看，这篇论文似乎离三审还有很长的距离，怎么这么快（不到三个月）就已经进入三审了呢？此事有点蹊跷，需要查实。我们以前从来都相信同事的自我报告，信任是我们工作的基石，因为不管怎么样，教授算是一份为人师表的工作，没有信任是无法工作的。但是，我的直觉告诉我 K 的怀疑不是空穴来风。怎么办呢?

因为是开学之初,所以正好赶上学院要进行一年一度的全体教师绩效考核。考核之前,所有的人都要填写一份自我报告,把去年一年的科研教学成果如数上报,并且要附上"证据"加以佐证。教学的成绩,需要递交学生的评价总结;科研的成绩,需要列出论文发表的期刊名、年份和页数;正在修改和审稿的论文,需要附上主编的来信。我收到 Z 的自我报告时,发现几条更新的信息:(1)原来二审的那篇论文现在变成了三审;(2)原来在初审阶段的那篇论文不见了;(3)又有一篇新的论文进入初审阶段,也在一家顶尖杂志上。但是奇怪的是,我没有看到一封来自主编的信。反复催促之后,Z 终于把主编的信发过来了。

当我和 K 打开那封由已进入三审的那篇论文的主编写的信的时候,我们的心脏差点停止跳动。主编明明已经在三个月前拒绝了那篇论文!我的天哪,Z 居然敢在这么重要的事情上谎报军情,真算是被我们逮了个正着!K 几年来的怀疑被言中,骗子终于落网了。那一刻,我突然想到"出来混,迟早是要还的"这句话,禁不住笑出声来。

又打开另外两封主编的来信,发现 Z 的谎言还在继续。其实,在 Z 填写绩效评估自我报告时,其他在顶尖杂志处于初审阶段的论文也早已遭到主编的拒绝。但 Z 却假装什么也没发生一般,睁着眼说瞎话。

真要感谢 K 的闻人本领,否则如果我们在"充分信任"的情况下完全不去索求证据的话,也许 Z 就会变成终身教授留在我系。而一个如此大胆地撒谎且在撒谎时脸不变色心不跳的人一旦留任,不管是对我们系还是对我们学院甚至大学,都将是一颗定时炸弹,迟早有一天会让我们蒙受名誉的损失。

看来在大学里也需要福尔摩斯。

2013 年 10 月于美国西雅图

时势与英雄

越来越多的迹象表明,多数经营成功的公司都有一个共同的特点,那就是以受众为导向来创造产品和服务(Consumer to Business,C2B)。这些公司不仅能够洞察大众的深层内心需求,并且可以预测人心未来的走向。他们由此设计生产了全新的产品和服务来满足大众已知及未知的需要,从而赢得了人心,同时也造就了自己的成功。

能满足以上描述的公司不计其数,在美国有苹果、微软、谷歌、星巴克、亚马逊等,在中国则有阿里巴巴、腾讯、小米、万科、联想、海尔,等等。我在这里特别要提的是中国的招商银行。从一个偏安一隅的地方小银行蜕变成仅次于传统五大国有银行的股份制商业银行,其中最关键的就是招商银行"因您而变,因势而变"的核心战略理念。招商银行2004年在全国推出信用卡(金葵花),之后推出网络服务(一卡通),近年来又开始进行对小微企业的贷款服务,都是受众导向型思维的结果;而他们"早一点、快一点、好一点"的实施策略,则反映了其对未来的预测感知能力。招商银行因此能始终走在时势的前面,把握并引导消费者的需求。

何谓时势?时势就是将个体的内心深层需要累积到集体层面所表现出

来的趋势,也即人心之走向。在今天这个越来越平、越来越小的世界,在这个用手指敲动键盘便可知天下事、便可购天下物的时代,人心的走向其实就是追求自由(思想/心灵/身体)、自主(工作/生活/事业)、尊重、平等(人际)、公正(公司/社会)、透明(信息/真相)、共享(知识/观点)和责任。

  英雄是谁?所谓英雄,就是那些能够把握并顺应人心走向,并且以更快的速度、更好的产品和服务满足并引领人心走向的公司或个体。由受众驱动的经济遵循市场经济的基本逻辑,那就是:一个人如果想得到幸福,他必须首先使别人幸福(张维迎语)。而使别人幸福的最佳办法就是满足他们对自由、尊严、公正和责任的追求。

  因此,时势即人心;得人心者得天下,得天下者乃英雄。

2014 年 1 月于美国西雅图

用西化管理提升中国民企的竞争力？

在中国过去三十多年急剧的经济发展过程中，社会的价值观也经历了强烈的冲击和震荡。中国的、外国的、古代的、现代的同时并存，左的、右的、前瞻的、后望的彼此相争；令人眼花缭乱，无所适从。在这样一个价值体系混乱混沌的社会中，企业的管理实践应当如何处理与社会文化环境的关系是一个被管理学者热议的课题。提倡"匹配说"的学者认为，中国企业的管理必须适应中国的特殊文化环境，不能照搬西方的管理实践，否则就会水土不服；而提倡"公司文化至上说"的学者则认为，在公司管理上，不需要过多考虑社会文化环境，而应该确定什么样的文化核心价值对企业的成长和发展最有利，从而创立这样的公司文化去同化员工并改变社会。

仔细分析一下中国的社会文化环境，一般离不开两个基本特色：强调人际关系和等级距离。在人际关系方面，我们注重人情、面子、和谐、裙带关系；在等级距离方面，我们注重地位、权力、下级服从上级。相反，西方文化中的核心价值观则离不开公平、自由、平等以及对个体权利的尊重。我们在研究中发现一个有趣的现象，那就是虽然大部分中国民营企业都采纳了具有中国文化特色的管理制度,但是那些真正从中脱颖而出的却是采纳了西方管理实践的企业,万科企业股份有限公司就是一个典型的例子。从创立万科的第一天开始,深受西方经典文学名著影响的王石先生就决定全面照搬西方管理的核心理念,创建阳光普照的管理体制:做简单不做复杂,做透明不做封闭,做规范不做权谋,做责任不做放任。简单管理不搞裙带关系,透明管理只做一本账,规范管理不搞办公室政治,责任管理明确职责、问责到人都是与所谓的"中国式管理"背道而驰的理念,却能经历三十多年中国特殊文化环境的考验而不断发展成长,也许说明的正是一个良性、充满正能量的企业文化对企业竞争力的重要贡献。

一个更有意思的观察是,在不注重人情、面子和裙带关系的美国社会,越来越多的企业反而鼓励员工推荐自己的熟人和朋友来公司工作。因此我提出以下问题供大家思考:

是否在普遍意义上采用"逆势"管理可能成为企业独辟蹊径、出奇制胜的策略呢?

2013 年 4 月于美国西雅图

文化对公司的后果

《文化的后果》(*Culture's Consequences*)是三十多年前跨文化管理学家吉尔特·霍夫斯塔德(Geert Hofstede)的第一本书,其中描述了不同国家的文化价值观如何影响企业文化以及企业员工的工作态度和行为。虽然文化本身没有好坏之分,也不应该打上所谓先进、落后的标签,但是文化价值理念对人认识世界、解释现象、反映现实却有着深刻而又持久的影响。因此,那个貌似看不见摸不着的文化其实能够导致实实在在的社会后果。

文化的后果可以有十分具体的表现。比如,中国文化强调小集体主义,同时喜欢个体竞争,还讲究内外有别。研究发现,在工作环境中,中国人对自己人的信任偏重感情成分,而对非自己人的信任则更有工具性的特点。在国外的商业环境中,与澳洲人相比,中国人更愿意与同胞合作,遇到非同胞则竞争性更强。同样在国内的商业环境中,澳洲人不管对方与自己熟识与否,都表现出合作的倾向;而中国人在与陌生人做生意时,则表现出特别强的竞争倾向。

在公司层面,文化的后果同样显著。阿里巴巴董事局主席马云认为,道德廉正的文化价值观是阿里巴巴生存的命脉,因此每当公司出现与之相悖的行为和现象时，一定会严惩不贷，就是"追杀三千里也要把肇事者捉拿归案"。与此同时，公司还设立"廉正部""闻味官"以及"连坐"制度以防止此类行为的发生。从公司成立的第一天开始到今天的十多年的过程中，阿里巴巴的文化经历了不少事件的考验，但每一次对这些事件的处理和应对，都进一步巩固和强化了公司所提倡的文化价值观，奠定了公司长期生存和发展的良好基因。

与之一脉相承的还有复星集团的发展和成长。作为一家跨国投资公司，包容并蓄、阴阳共存的太极文化成为复星集团运作的基本理念，因为"阴的存在才是阳存在的理由，所以永远也不要去试图消灭矛盾，消灭对手。重要的是学会在跟他共存的过程中，寻找自己的利益"。由此导致的后果就公司的内部管理而言是性格迥异、专长不同的人在一起愉快地工作，而对外的投资策略不仅包含国内各种类型、行业、所有制的企业，也包含国外的不同企业。汇聚成长力量、中国动力嫁接全球资源因此成为复星的核心文化。

文化的形成是一个漫长的过程，公司早期的取舍和作为就像种子一样决定了未来长出的枝干是歪是正、结出的果实是苦是甜、树的生命是短是长。要使公司基业长青，必须有健康的文化基因，并且在发现基因要发生病变时及时采取行动，消除病变细胞生长的环境。不管是阿里巴巴还是复星集团，它们的成长经历都印证了文化对公司发展的重要作用。

大道无形人有信，公司正道看文化。

2013 年 9 月于中国上海

《道歉大师》：一部嘲弄自家国粹的日本电影

在从北京到旧金山的飞机上，我偶然看到了这部电影。其英文名字是 *The Apology King*，因为曾经读过有关日本道歉文化的文章，所以就打开来看了。没想到竟是一部如此有趣、诙谐，同时又深刻反映日本文化的好电影。当时就有把电影故事和自己的观感写下来的冲动，可是回家之后杂事连篇，一拖再拖。今早醒来突然又想到这部电影，还是越想越好笑，越想越觉得回味无穷，简直可以用"令人叫绝"来形容。

道歉这件事无疑存在巨大的文化差异。美国人在小事上道歉很平常，比如不小心踩了别人一脚，或挡住了别人的去路，意识到之后立刻就会说"对不起"致歉。但是在遇到大事的时候，比如两车相撞，或者出了医疗事故，那要说"对不起"就不容易了，因为一说"对不起"，就意味着责任在你，到时候要打官司的话，你就算已经承认了错误，也败诉无疑。因此，在这种情况下，美国律师一般都教导大家保持沉默，千万不能道歉。但是在日本，不管大事小事，有所碰撞就道歉可以算是一种文化习俗。看他们平时说话、走路都是点头哈腰的样子，道个歉看来实在不算什么难事。与此同时，日本人极其看重道歉,诚恳的、真心实意的道歉被大家认为是最理想的认错形式,因为它反映的是内心的醒悟和反省,有时比罚钱、坐监狱的方式赎罪还要让日本人觉得符合心意。

正因为如此,电影的男主角黑岛才在东京开了一家"道歉中心",帮助别人通过用道歉的方式求得对方的原谅,免于被起诉或其他惩罚。除了道歉可以算是日本的国粹之外,黑岛自己的个人经历也是他之所以从事"道歉"事业的重要原因。事情发生在他还在当巡逻警察的时候,有一天下班之后去拉面馆吃面,长时间等待之后终于吃到了面,但是拉面师傅不小心把滚烫的开水溅到了他的脸上,让他不仅感觉疼痛,而且面条也没有心思吃完,一直等着师傅来向他道歉,但师傅一直没有来。他回家之后,越想越生气,第二天就跑到拉面馆抗议此事,店老板再三道歉,但他心里还是不爽。之后又去拉面馆,终于见到了那个师傅,当面斥责了他。师傅已经想不起他来,但他坚持不懈地说明,直到师傅当面向他认错道歉才善罢甘休。此事之后,黑岛便决定辞去警察一职,当起了"道歉中心"的老板。因为他认识到,只有当面的道歉才能解除他心中的怒气,那么一定有许多人与他有同样的感受,因此其中必有商机。

黑岛于是开始研究并总结道歉的学问。比如多大的错误应该用多温和或极端的方式道歉才能赢得别人的谅解。温和的包括双目下垂、弯腰鞠躬、下跪,等等。一般可以用鞠躬的角度来表示道歉的诚恳程度;角度越大,诚恳程度越高。到四肢趴在地上、头顶地面就达到温和道歉方式的极致。极端的包括当着对方的面扇自己的耳光、捶胸顿足,或者头撞墙,直到鲜血直流为止,等等。另外一个维度是时间,比如下跪或下趴一分钟、三分钟、五分钟、十分钟,或对方不原谅就永远不起来,也能表达道歉的诚意有多高。将这一套学问总结好之后,就只等在操作过程中见机行事灵活运用了。

商机降临了,出事的是一位名叫仓持的妙龄少女,刚从美国回日本不久,驾车水平有限,不小心把别人的豪华轿车撞了个稀巴烂。按照美国的习惯,在这种情况下她坚决不道歉,让律师与对方周旋。结果对方要求罚款数万并把她送去风月场所数月以赎罪。

仓持既没有钱也不愿意去风月场所,情急之下,来到道歉中心求救。黑岛把自己的学问与她分享,并告诉她在如此严峻的情况下,她必须采取极端的道歉方式,否则无法得到别人的原谅。仓持显然不会采取极端的方式,黑岛就亲自出马,假装自己是仓持的哥哥,带着妹妹前去道歉。他不仅把自己撞得头破血流,表示后悔不已,而且长趴地上,久久不起。对方看见他如此有诚意,不得不接受道歉,并给他请来医生治疗伤口,同时取消了原来要求的对仓持的惩罚。这件事带给仓持巨大的震撼,深深感受到道歉在日本的力量,因此要求加入道歉中心工作。她于是成为黑岛的一名雇员。

二人开始共事,处理各种纠纷。电影里面一共讲了五个小故事,每一个与另一个都有所关联,从不同的角度表现出更丰富的道歉内涵、效果以及日本人民的生活和心理状态。其中最有趣的是最后那个故事,不但把前面几个巧妙地融合在一起,而且增加了文化差异的元素,可谓绝妙。而这个故事的谜底其实一直暗含在前面的故事中,只是没有点破,直到最后才被揭开,不仅让人豁然开朗,而且会大笑不止。

这个故事说来话长。仓持之所以在美国长大,是因为幼年时跟随其在哥伦比亚法学院读博士的父亲,当时因为压力山大,父亲从没有时间与仓持玩耍。不仅不与仓持玩耍,而且在她主动来找他玩的时候,他也都是婉言回绝。有一次,仓持躲在储衣室,等他父亲开门时,就突然冲出来,边做手势(像自由女神那样高举左手,但右手在左手的胳肢窝那儿动两下)边唱歌,然后让他猜是什么意思。父亲让她出去,因为他要写论文。仓持只能离开。

但是幼小的仓持非常顽皮,等到再一次见到父亲的时候,又做了同样的手势唱了同样的歌,还要她父亲猜。父亲很困惑生气,猜不出来,就给了她一记耳光。后来我们知道这是当时一部日本电影里的主人公做的一个手势。这部电影在日本不算流行,但在日本的邻国(看起来很像是尼泊尔)却是妇孺皆知,该电影的主角在那儿也被奉为大明星和英雄。因为父亲不管家,母亲后来和他离婚了。父亲学成后返回日本,母亲和仓持留在了美国,因此仓持和父亲之间常年没有来往。仓持的父亲后来成为日本著名的律师,在其中一个故事中担任道歉中心客户反方的辩护律师,因此与仓持见面,但彼此并不相认。

故事的缘起与一次电影拍摄有关。一个摄制组当时需要一个群众演员,假装在一个小商业区逛街,非常休闲的样子。他们就顺手拉了一个正在闲逛的青年小伙,让他手拿啤酒瓶,边走边喝,很放松的样子。小伙子很开心地扮演了这个角色,电影顺利拍完成片。没想到后来电影放映时,邻国的文化大臣前来抱怨,说怎么把他们的王子变成了群众演员,而且还在喝啤酒(该国禁止饮酒),简直大逆不道,因此威胁要断交。日本外交部十分惶惑,不知该如何处理此事,前来道歉中心求助。黑岛便给他们出谋划策,让电影导演带领剧组主要成员前去道歉。邻国得知此事之后,对前来道歉的一行人夹道欢迎。王子端坐台上,重见导演十分欣喜。但是当导演道了歉并且要送他们礼物时,大家一看见那个礼物立刻面露愠色,拂袖而去。此行失败,大家十分沮丧,因此决定聘请邻国精通日语的一位文化专家做顾问,不再贸然送礼。该文化专家故作深奥状,看着他们手足无措的样子,并不言语,只是旁观。

黑岛与文化专家的讨论结果是,第二次道歉的级别应该提高,因为上次的道歉又不小心冒犯了邻国。怎么提高级别呢?根据黑岛的经验,一个是前去道歉的人的级别要提高,另外道歉的方式也要加强。思考再三,这次派去了文化部副部长和相关人士,并决定采用日本最高级别的道歉方式,手脚全部着地,并且天门也顶着地面,以表诚心。决定之后,一行人就出发了。看到文化部副部长亲自出马,邻国领导人十分高兴,在说了一些客套话之后,日本一行人就开始了最高礼仪的道歉。正当他们的头顶触碰到地面的时候,没想到邻国领导人脸色大变,立刻拂袖而去。日本一行人面面相觑,百思不得其解,只能又灰溜溜地返回日本。

事后黑岛质问文化专家为什么不早告诉他,因为在日本人看来是最高礼仪的道歉方式在邻国的风俗里却是最侮辱人的姿态;天门是人最崇高的部位,怎么可以着地呢?这不是侮辱又是什么?文化专家暧昧地微笑,依然不语。

实在无奈之时,黑岛突然想起那部在邻国曾经十分轰动的日本电影,以及那个在那儿被视为英雄的电影明星。该电影明星如今年事已高,早已退出影坛,但是也许让他出马还能发挥作用?黑岛于是找到那位昔日的影星,向他咨询有关邻国的风俗习惯。影星突然就做出了那个仓持幼年时老是让她父亲猜测的手势,并假以唱词。黑岛不明白,影星向他解释说这个手势才是邻国人民最高礼仪的道歉方式。黑岛恍然大悟,立刻到文化部向部长说明,并邀请部长和电影明星一起第三次代表日本向邻国道歉。这一次的道歉终于成功了,邻国人民一看到那个手势,立刻欢欣鼓舞,彻底原谅了日本。

这件事三起三伏,在日本成为重大新闻。仓持的父亲在这个过程中才了解到这个手势的真正含义,痛悔莫及,来到道歉中心恳求仓持的原谅。在看到已经人到暮年的父亲做出这个手势时,仓持热泪盈眶,父女二人终于冰释前嫌。

这部电影的内容显然有许多虚构的成分,而且十分夸张,但是原著作者和导演敢于拿自己国家的国粹开涮的勇气及精神,让我对日本的文化人士肃然起敬,也让我看到日本社会思想和精神的自由开放程度。

2014 年 2 月于美国西雅图

又:该电影改编自宫藤官九郎的同名原著,由水田信夫导演,2013 年 8 月在加拿大奇幻国际电影节(Fantasia International Film Festival)上首映。因为是在飞机上看的,距今又有些时日了,所以有些细节出入,欢迎读者指正。

上海偷闲

这几天正是上海秋高气爽的时节,我在酒店里枯坐良久,禁受不住窗外阳光的诱惑,就决定给自己放假片刻,出去走走!

酒店位于市中心的南京路,对面是上海最大的公园,往东走一公里就是外滩。其实从我酒店的窗户就可以看见东方明珠,白天在阳光下闪光,夜晚其自己的灯光一截一截地闪亮,有彩色的动感。外滩去过太多次,最早还是在大学时与男朋友一起去的。人民公园倒是许久没有光顾了,我甚至不记得里面的主要景点了。现在正好去补一下课。

走到公园门口,首先注意到两边的荷花铁门。黑色的铁栏杆上镶嵌了几朵金色的荷叶和荷花,婀娜多姿,亭亭玉立,在阳光下熠熠生辉。走进公园,发现前方不远处有一片高高的树林,都是江南的水杉,笔直冲天,那些婆娑细密的针形树叶大多呈深绿色,已经微微泛黄。踏上林间小径,立刻感觉远离尘世,走进自然的世界。

紧挨着树林的是一个池塘,浅水不足半米,却把整片的树林倒映出来。再仔细一看,在倒影里,还有公园外的摩天高楼,一下让人感觉到都市的存在。公园里人不多,在水边锻炼的大多是退了休的老人,另有一些在石桌旁下棋、打牌,优哉游哉,和我偷闲的心情吻合。

绕着池塘走到一半的时候,看到有一条小路通向左边的小山,似乎是一座石头山,据说那些用来做假山的石头都是从无锡搬来的。石山不高,却有一个小"瀑布",名曰锡山瀑布,其实涓涓细流而已。走下石山,继续绕湖,发现池塘这半边的树,树叶多呈黄色,好像吸足了阳光。尤其是那些法国梧桐,那些我觉得最亲切的秋日梧桐,其树叶的颜色在金黄和焦黄之间,透过树叶看蓝天,真有天、叶互相辉映的效果,美极了。

只是公园不大,很快就走完了。我突然想到其他几个著名城市位于闹市中心的公园,比如纽约的中央公园、香港的九龙公园以及北京的景山公园。与这些公园相比,人民公园似乎微不足道。不过,"山不在高,有仙则灵",人民公园里的树林、池塘似乎能够吸收整个上海的人气,自有其独到之处。

从人民公园出来,穿过繁华的南京路步行街,就到了外滩。迎面扑来的,就是那一排经常出现在上海明信片上的地标性建筑:东方明珠电视塔、金茂大厦、上海环球金融中心、外滩中心、平安保险大楼。站在这张现实版的明信片面前,让人感叹三十年间浦东由沧海桑田变成现代都市的历史进程。

天空那么蓝,阳光那么暖,晒得人懒洋洋的。游客不多,大家都在那些建筑前面摆出各种姿势拍照。特别让人觉得温馨的,是新郎新娘拍结婚照的画面。新娘都穿着漂亮的婚纱,新郎则西装革履,在摄影师的指挥下,他们做出各种亲热的动作,在众人的注视下,象征性地表达爱情。

能够偷得半日闲,重温上海的魅力,也算不虚此行了。

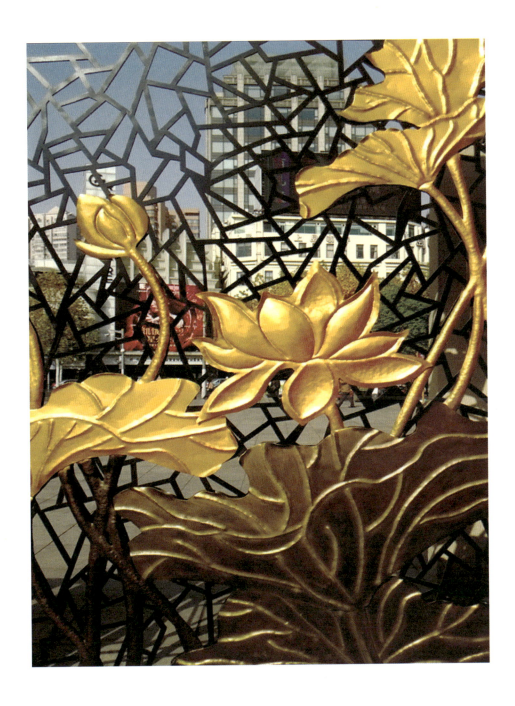

上海偷闲 | 051

056 | 随心所欲

2013 年 11 月于中国上海

爱情随缘

诗情画意

每一声古钟的长鸣
诉说的是我千年不变的深情
每一片飞翔的彩云
演奏的是我和你心灵的共鸣

摄于马德里市中心酒店顶层

从原点出发
我倾听你心灵深处的旋律
那种动人的平静
让我倏然着迷

摄于巴塞罗那现代艺术博物馆

再厚的城墙
也挡不住光明的眼睛
再远的距离
也分不开我对你的爱情

摄于西班牙的古城托莱多

从无到有 从一到十
我用手语表达对你的思念
每一个数字后面
都有数不清的繁星点点

摄于马德里的现代艺术博物馆

我在心里已经勾勒了你的无数模样

几百年的时光

每一天的等待都太漫长

回眸一望 终于看见你如炬的目光

摄于巴塞罗那那个建造了几个世纪尚未完成的教堂(高迪的杰作)

站在空无一人的高山站台

我专心等待你的归来

摄于西班牙的圣山

古老的石墙上
刻着永远不会褪色的阳光
长椅和树的爱情
就这样形影相随如花绽放

摄于西班牙的圣山

隔海相望
继续谱写爱你的乐章
信手拈来
把云朵捏成你的形状

摄于巴塞罗那现代艺术馆

我的心悬在半空
等候你的消息
听到你的情歌在蓝天响起
微笑才重新回到怀里

摄于巴塞罗那现代艺术馆

吸引你的 是我无邪的思想和智慧
勾住我的 是你不轻易言表的花样世界

摄于巴塞罗那现代艺术馆

夕阳慢慢下沉
为何仍不见你的身影
天色已近黄昏
盼望你突然出现在我的家门

摄于自家阳台

穿越时空的距离 触摸你
仿佛西斯廷穹顶的圣子
期待在指尖相触的那一瞬
发生奇迹

摄于罗马梵蒂冈西斯廷教堂

每一缕兰的幽香
纷飞的是你的气息
每一根花的经脉
渗透的是我的相思

摄于家中

你的不期而至
可给我带来他的消息
你转达的眼神
怎不让我心醉神迷

摄于夏威夷

小荷才露尖尖角顶
一如你我初妆的爱情

摄于上海

再多的笔墨
也无法描绘我对你的深情
再高的雪山
也不能阻挡你爱我的决心

摄于雷尼尔雪山

在窗口伫立的你
可听得见我悄声的诉说
时间已经过去了半个世纪
我却依然在这里等你

摄于哥本哈根

含情脉脉 欲语还休

深情款款 相依你我

摄于夏威夷

如果你是清澈的绿水
我就是水面闪闪的波纹
如果你是水中柔肠寸断的一尾小鱼
我就是背驮你行走的守护神

摄于夏威夷

走了千里的路
你来看我
留下吗？
回一回头 我舍不得你走

摄于夏威夷

我们曾经有过的花样年华
已被岁月收藏
我们即将开始的纯情年代
正在含苞待放

摄于夏威夷

和你在一起的时候
发现蓝天也有思想

摄于夏威夷

蓝色的蜻蜓
张着透明的翅膀
好像我爱你
白天黑夜都一样

摄于夏威夷

梦里的你有千种造型
梦里的我有万种风情
在流淌的蓝色狂想中
我听见你呼唤我的声音

摄于夏威夷

夏威夷的日落
为我们写下蜜月记录
摇曳的椰树剪影
为我们在天空画满爱情

摄于夏威夷

从空中阳台跃起
我捕捉你的痕迹
想要你和我一起展翅
飞入蓝天深处

摄于马德里

在这棵枝繁叶茂的古树里
隐藏着我爱你的秘密
朝朝暮暮 惺惺相惜
穿越一年四季

摄于泰国清迈

午夜梦回
千万条思绪在黑暗中旋转
形而上和形而下的爱情彼此纠缠
每一条都与你的呼吸紧紧相连

摄于泰国清迈

你我之间的爱情
没有任何世俗的污染
宛若睡梦中的白莲
无处可以沾上尘埃

摄于西雅图华盛顿湖

巴黎圣母院的玫瑰视窗
让人们从现实张望天堂
我们心中的爱情
是否会历经岁月沧桑依然地久天长？

摄于巴黎圣母院

有一颗爱的种子
经过几十年的冬眠
终于在春日阳光的引诱下
肆无忌惮地绽放

摄于西雅图植物园

你的黑夜是我的白天

我的白天是你的黑夜

当白天与黑夜擦肩相遇

却发现已是你中有我 我中有你

摄于家中

爱情随缘

光明随心

如来 若退

通透 寂静

摄于家中

飞行图景
（从西雅图到纽约再到波士顿）

大自然的布局

冰封的湖面
冻不住我对你的爱恋
无声的黑白
孕育着色彩斑斓的春天

大风筝的长尾巴

冬日的树林如童话般安谧

雪地里的公园依然清晰可见

彩色雪景：幸福的碎片

条条大路通纽约

天地相融水天一色

飞离纽约

再见晚霞

冥想随意

缘　起

虽然关于Mindfulness（觉知或正念）的科学研究由来已久，但是在实际工作、生活中加以应用和普及却是近年来的事。在今天的美国，Mindfulness训练班已经遍地开花，原因是在当代工作节奏和压力不断增加、资讯不断爆炸的情况下，要保持心灵的平静和专注变得越来越不容易。而Mindfulness训练具有缓解压力、解除焦虑的重要功效，已为众多科学实验所证实。美国今年3月的《时代》杂志把它称为"觉知革命"（Mindful Revolution）。更加令人关注的是，在美国的许多公司如谷歌、苹果等都有专门的"觉知训练课程"，帮助员工解压并促进创造力。美国高校的健身中心也都开设了类似课程，而且大学的医学院以及比较好的大医院也都提供此类课程帮助病人康复。因此，觉知训练是一个对身心健康都十分有益的活动。

遗憾的是，对觉知的研究长期以来都是从佛学的角度进行的，而我认为中国的国学其实主要是道学和儒学，而从养生角度来看道学又最有历史渊源。

在这样的背景下，今年年初，包括我在内的十名学生在我家举行了为期三天的道家养生(是生命,不是身体)班,由两位老师(June 和师父)教我们冥想练习,并答疑解惑。冥想练习主要有站桩和打坐两种。这十名学生是:Anne,Lian,Jon,Kevin,Jessica,Li,Patrick,Yang,Ming,我。每天从早上 8 点到下午 5 点,连续三天,大家全神贯注,仿佛踏入另一个世界的门槛。三天结束后,我们各回自己的工作岗位,开始冥想修炼的旅程。

在开练三天之后,我开始记录并分享每天的冥想体悟。

第四天(星期五)

各位朋友:

今天我进行了 50 分钟的冥想练习,感觉与昨天明显不同,真气很旺,全身发热,并且半小时以后开始颤抖,很有韵律,收功时有麻感,很棒。

前天我在冥想的时候杂念纷飞,其中有一个是关于 Mindfulness(觉知或正念)本身的定义的。当时师父说该词的含义是"活在当下"(Live in the Present),我仔细思考之后觉得不够确切,因为活在当下这个词常常与"及时行乐"(Live for the Present)连在一起,而 Mindfulness 其实不是此意。当时的一个念头飞过来让我顿悟,Mindfulness 用中文来表达其实最合适的应该是"心在焉",就是把你的心放在你目前正在做的事情上面,你们觉得这个念头如何?

另外我注意到一点,这两天我都是在办公室冥想,发现每到半小时的时候,头顶上方的日光灯会嗡鸣三次,然后自动熄灭。我办公室的日光灯是自动感应的,只要我一开门,就自动亮起,如果它有一段时间感应不到,就会自动熄灭。以前我不知道是多长时间,现在发现 30 分钟是它的极限。所以 Jon 和 Ming,如果你们在办公室冥想的话,不用定闹钟,就会知道自己是否练到 30 分钟了。

吃饭前念斋咒,每一口咀嚼36下,继续坚持下去我们都会变得容光焕发啦!

无量寿福!

晓萍

第五天(星期六)

Anne:

谢谢你对我的赞扬。

我强烈建议你从明天起就站桩冥想,而不要等到3月1日再开始。

今天是星期六,早晨送女儿去乐队排练,虽然很难找到冥想的地方,我还是见缝插针地练了45分钟,感觉真气来得更快了,全身都有热麻的感觉。

冥想时杂念渐少,经常浮现在脑海里的不再是"深—长—匀—缓",而是"整体意识,良性意识,颤抖意识",一想到这三个意识,就忍不住微笑,所以面带微笑一项也变得容易做到了。

今早有一个杂念飞过来,是关于为什么Lian辟谷日出问题的原因,我的想法是"Lian在早上没有站桩冥想,所以她的元气不够支撑到晚上",不知道这种想法是否有道理?

祝大家周末愉快!

晓萍

第六天(星期日)

各位好!

我刚刚结束站桩冥想,出了一身大汗,这是我第一次出汗(这对Jon来说可能已习以为常了),感觉很爽。结束时遇到一个问题,就是双脚并拢脚尖踮起的时候站不稳,常常失去平衡,不知道如何才能提高。

另外,今天可能是你们很多人选择辟谷的日子。上次我在说到我最喜欢的果汁(香蕉,牛油果,蜂蜜,牛奶)的时候,忘记提到另一个成分了,就是生的坚果。我常用胡桃,因为比较香。用其他的坚果应该也可以,比如杏仁等。

还有一个转变,我注意到这几天早晨我醒得很早(不到7点),而且精神很好。虽然我还想回到我的美梦之中,但是却没有睡意了。

无量寿福!

晓萍

第七天(星期一)

各位好!

继续向大家汇报我的进展。昨天冥想感到全身发热时,我的眼前突然"浮现"了一个浑身发光的佛像,因此念头就变成了"无念无我,大慈大悲"。其他杂念间或依然出现,但一发现,我就会用"无念无我,大慈大悲"来取代。

今早醒来时,突然想到 Mindfulness 的另外一层意思,那就是意识到自己整体的存在,用另外一只眼睛在空中看自己,是对自身存在的觉知(Mindful)。上次领悟到的是"心在焉",就是全心全意地投入到目前所做的事情上;而这次领悟到的是超脱目前所做的,把意识放到具体所做事情的外面,看见自己的整体存在,因此似乎又有"心不在焉"的意思。不知道我说清楚了没有?

另外,今天冥想的时候没有感觉太热,但是一边的颈肩部明显疼痛,可见隐藏比较深的疾病开始暴露了。

除了 Jon,还没有其他人参与汇报。有空分享一下互相鼓励啊！

无量寿福！

晓萍

第八天(星期二)

June:

欢迎归来！谢谢你的鼓励和分享。今天我完成了 1 个小时的站桩冥想,闹钟响了还不愿意停下来,感觉正入佳境。本来觉得你每天冥想 6 个小时不可思议,现在我觉得能有 6 个小时的冥想,真是一件令人向往的事情。

今天明显感到气在身体中的流动,特别是从一个手心传到另一个手心,以及气顺着脊椎后背的移动。很奇怪的是,我觉得是有两条气流在脊柱的两侧而不是一条。昨天疼痛的肩颈处今日有火热的气感。练完之后右边的头顶皮层隐隐作痛(深层问题浮出水面)。

另外,今天冥想时想到 Mindfulness 的第三层意思,那就是感觉自己与天地融为一体,而不再感到自身的存在。自己的身体轻盈无重,只剩下气在天地间流动。这个感觉只存在数秒时间,但是很神奇。

继续努力吧！

晓萍

又：June 发来下面的经络图,居然证实了我的感觉,太令人鼓舞了!

十二经络

- 手太阴肺经
- 手厥阴心包经
- 手少阴心经
- 手阳明大肠经
- 手少阳三焦经
- 手太阳小肠经
- 足太阴脾经
- 足厥阴肝经
- 足少阴肾经
- 足阳明胃经
- 足少阳胆经
- 足太阳膀胱经

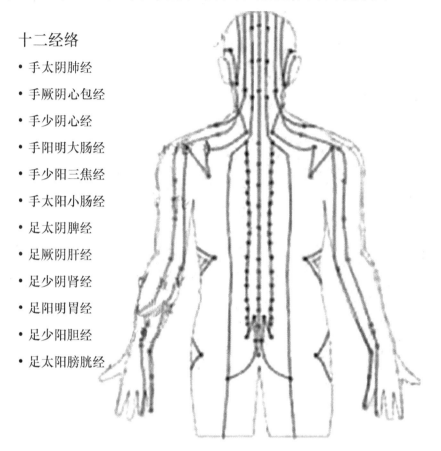

各位好!

我知道我今天已经向大家报告过了,但是忍不住还要报告一下刚才打坐冥想时的神奇体验,太有意思了。

我在第一天打坐冥想后,就一直没有练。昨天看到 Lian 说每天坚持打坐冥想半小时,突然提醒了我,所以我昨天练了半小时,感觉气来得比以前快了,但没有特别的不同。今天想再练一下,没有定闹钟。坐下来大约五分钟,突然觉得双手好像不稳要发抖,我把两个大拇指顶住,好像好了一点儿,但是过了一会儿,感觉失去了控制,于是两只手就剧烈抖动起来,我把大拇指死死顶住,结果整个手臂都开始抖动,然后整个肩膀,接着内脏和全身都开始了。有意思的是,抖动的方向也会时有变化:有时是上下抖动,那时我就能听见上下牙齿碰撞的声音了;有时是前后抖动,整个身体一起颤抖,好像所有的关节都放松了;有时好像方向不明,随便乱抖,整个身体除了呼吸之外,全都不在我的控制范围之内,只是感觉很轻松愉快,忍不住微笑然后无声大笑。此时想到"颤抖意识",真是太真确了。

整个抖动可能持续了30分钟(我一直闭着眼睛),我正在想要是停不下来怎么办的时候,抖动突然开始变慢,然后越来越慢,最后完全停止了。那时我的整个身体感觉酥麻,每一个关节仿佛都充满了真气,自己似乎坐在云端一般,飘飘然没有分量。然后我静坐了5分钟左右,就结束了。站起来看闹钟,整个时间大约50分钟。

June,请问一下师父这是怎么回事好吗?我记得师父说过"见怪不怪",但还是想弄明白。

晓萍

晓萍老师:

我也有过类似的经历呢,这是身体自我调整的过程。我专门请教了师父,师父对你这几天的功效很是称赞,还说发生这种现象叫真气的自发动,是好现象,一旦经络通畅或病症隐患消除后会自动停止,身体会上到一个新台阶。每个人每次的反应都不一样,是真气通经带来的效果,结束后都会像你一样有一定的愉悦感。但要注意的是,不能因身心愉悦而主动追求这种功境,修炼的特点是"不拒不迎",来不期盼,去不遗憾,只是保持无分别的始终观察即可。若想停止,只需加一个意念"停止、收功",就会自然停下的。

无量寿福!

June

第十天(星期五)

各位好!

今天继续向大家汇报,我发现每天冥想都有一点不同的体验和发现,实在有意思。

昨天早上我做了65分钟的站桩冥想,整个过程中没有太多念头,但是在30分钟左右的时候身体开始摇晃,一开始很缓慢,然后幅度变大,速度变快,特别是可以后仰而不失去平衡,让我自己觉得惊奇,感觉很放松。想到师父说的"不拒不迎",我就顺其自然了。

晚上睡觉之前练了30分钟打坐冥想,气感很强,但没有再颤抖。结束时双手手心充满热气,放在腰部,感觉能穿入体内。

今天早上做了70分钟的站桩冥想,没有发生任何抖动或摇晃,30分钟后气感增强,意念中飞过"气沉丹田"一词,以及"意在丹田"一词,然后想到道家的"炼丹术"。我原来一直想象的是一位道人在一口大锅中炼了一颗金丹,吃了可以长生不老。但那时突然想到炼丹的意思可能是修炼丹田之气,也就是说"丹"指的是小腹,而不是一颗药丸。June,请教一下师父好吗?

没想到练功是一件如此让人心旷神怡的事,感觉很幸福。

祝大家周末快乐!

晓萍

晓萍老师：

遵嘱已经请教过师父，师父回复如下：

道家所谓"丹"的原意是大药。寻常的药一般是用来治病，获得健康的；而丹药除了治病以外，主要是修炼真气、延年益寿、开启智慧，进而提升生命的层次，直至了脱生死。"丹"又分为内丹与外丹，外丹是通过身体以外的鼎炉烧炼而成，而内丹是以人体自身作为鼎炉，以精气神为原药，以意念和呼吸为炉火，在内部炼制而成，这就是修炼之所以叫修"炼"的原因。人体共有三个炼丹炉，即上、中、下三个丹田，也就是斋咒中指的三真天仓。小腹只是人体内部三个炼丹炉之一的下丹田所在的位置而已。准确地讲，内丹是人体精气神修炼的产物。气沉丹田是真气回到炼丹炉，修炼内丹的意思。

哈哈，我在询问的过程中也搭便车学到了不少新知识，感谢晓萍老师！

June

第十一天（星期六）

June：

感谢如此详尽的解释，非常清晰。原来在门外时的理解看来属于"外丹"，自己练功之后才能体会到"内丹"的含义。而且原来是上、中、下三个丹田，分别与意、心、身或神、气、精相对应，看出道教自己一脉相承的体系。

昨天睡觉之前我练了30分钟的打坐冥想，大脑皮层有点困倦感，中间甚至还打了一个很大的哈欠，让我禁不住自嘲。另外，脑顶部的皮层还有轻微的疼痛。

我现在已经习惯每天9:30睡觉（女儿是9点睡觉），早上6:45起床；算是改变了我睡懒觉的老习惯。每天依然有很多梦，有些模糊，有些清晰。对我来说，只有做梦才算睡得好，而且做梦是我渴望睡觉的重要原因。

今天送女儿到 SYSO（Seattle Youth Symphony Orchestra）排练，上星期冥想的地点让我有点儿头痛，后来经过努力终于找到了合适的地方，就在那个中学的剧场，里面空无一人，大约有 500 个座位，一排一排寂然无声。我就站在最后一排的座位后面，站桩冥想，今天没有定闹钟，大约 50 分钟。

每天的冥想练习似乎都是一段新旅程的开始，不知道会出现什么症状或念头。今天与以前明显不同的症状是在 30 分钟之后感觉到左手臂有一处特别疼痛，同时左边的膝盖也有疼痛感（这两个地方我以前就觉得有点问题，现在果然暴露了）。另外，大脑顶部左前方也出现疼痛感。持续了 20 分钟的样子，左手的疼痛消失，膝盖的疼痛继续。有趣的是，我早上一点东西都没有吃，收功时居然打了一个饱嗝，我的解释是大概吃饱了"气"。

杂念还是不断出现，我今天的对应方法是默念"无念无我，无欲无求"，因为觉得原来的"无念无我，大慈大悲"不押韵。如果是用大慈大悲结尾的话，念"无怨无悔，大慈大悲"也许更合适。你们觉得呢？

祝各位无量寿福！

晓萍

晓萍老师：

您练功的进境真是很快，值得祝贺哦！从您身体的表现看，这是修炼的退病现象，但一般初练时的退病层次都较浅，主要是显现近期形成的病灶并释放其能量，只有当浅表的隐患消除后，真气才会去自动调整深层次的病灶，目前看来，您好像已经开始释放比较深层的潜伏病气了。尤其是您练功中的食气现象，让人羡慕。师父常说"气满不思食，神满不思睡"，真正的辟谷是真气充足后的自动避食，不是后天的外力开顶补气，山上的一些道长都是直接采气辟谷的,您似乎也有这样的感应了呢!

无量寿福!

June

第十三天(星期一)

June:

非常感谢你对我的鼓励。不知道其他朋友有什么体验,我很想知道。

继续汇报我的情况。这些天以来在吃饭之前我都没有念斋咒,但斋咒本身我已牢记:

> 五星之气,六甲之精;
> 三真天仓,清云常颖;
> 黄父赤子,守中无倾。

只是忘了在吃饭前念了。我对此有一个问题:我们是在吃任何食物之前都要念呢,还是只是在吃"大餐"之前念?

昨天我在办公室冥想,气感来得特别快,等到日光灯自动熄灭时浑身已经充满了真气,热乎乎的很舒服。但也发现左边的手臂很快就开始疼痛,膝盖也是一样,半小时后似乎消失,但右边肩颈有一个部位深处感觉疼痛。

今天在家里站桩冥想,一开始对手指的时候指尖有微麻的感觉,但对气的感觉没像昨天那么快,起码20分钟之后才感到左边的手臂上半部有一个部位疼痛明显,但膝盖却没有疼。相反,头部靠耳朵后面有一个部位感觉疼痛。然后奇怪的事情就发生了。一开始是觉得身体特别想往后仰,我就顺其自然,后仰的时候听到脊椎骨和颈椎骨调整的声音,片刻后回复站桩姿态原状,然后又后仰、回复,来回五六次之后,身体开始自然抖动。我又想到"整体意识、良性意识、颤抖意识",脸上自然微笑。抖动由缓变急,方向也时有变化,双腿感觉很酸,但颤动有节律,同时又感觉很松弛。我就想这是地磁力线在让我的身体器官变得更加有序……然后我想到师父说的可以用意念让抖动停止,因此在颤抖了大约 15 分钟后我就让它缓缓停了下来。那时全身有酥麻的感觉,10 个手指都感到胀鼓鼓的,充满了真气,而且全身大汗,很爽。

另外发现自己的一个进步是比较容易进行深呼吸,起码是用腹部呼吸了。有几天我睡觉前也做了一点冥想,发现躺在那儿做深呼吸比站着要容易,似乎气真的可以从脚后跟吸上来一样,哈哈。

晓萍

第十四天(星期二)

各位好!

真高兴看到大家分享自己的冥想体会,我感觉没有那么"孤独"了。

Anne,你的进步很快,已经达到不想停下来的境界,后面的感觉会越来越好。

Lian,你感到脸部的抖动,也很令人鼓舞。而且你每天坚持站、坐两种冥想练习,也非常值得钦佩,是我学习的榜样。

今天早上我站桩冥想,没有定闹钟,顺其自然,整个过程与昨天非常相似,30 分钟之后身体开始摇晃,但脚底像打了桩一样牢固,然后"前俯后仰"了数次,全身就开始颤抖,非常有节律。今天练功从一开始左臂上部就有疼痛感,持续了 30 分钟左右,身体摇晃的时候痛感消失,后来再没有回来,但那时左边的膝盖疼痛出现,不过不算强烈。颤抖 20 分钟之后,用意念停止,全身不动,但双腿像弹簧一样依然轻度起伏,感觉弹性十足。其他部位都充满了真气,双手的每一个手指都胀鼓鼓的,有酥麻感。收功,双脚跐起时还是不太稳当,看来桩打得还不够牢固,需要继续努力。

晓萍

又:老实交代一下,我还没有真正"辟谷",但每天最多只吃两餐,所以就没有下决心选择一天完全"不食人间烟火"。我在此向"辟谷"的同志们致敬!

第十六天(星期四)

各位好!

我怀着异常平静的心情向大家汇报刚才冥想的状况,非常有意思。

今天时间比较自由,我就没有定闹钟。先进行预备姿势,大约三分钟后过渡到站桩冥想姿势,并体会脚底生根的感觉。然后调整呼吸,看到自己的杂念一个一个飞过,首先是明天我们系一年一度的务虚会,我已经决定安排15分钟的打坐冥想时间,我到时需要指导大家,并解释其原理等,所以就在想相应的英文词汇……然后我的思绪又飞到正在做的一个研究项目上,其中要测量一个概念……意识到自己上了"船",赶紧默念"整体意识、良性意识、颤抖意识",然后关注自己的呼吸和小腹的起伏,就是"把意念交给身体,把身体交给方法",把"万念变一念",这时身体慢慢开始发热,真气开始启动。

冥想之前,我想了一下今天左边的手臂会不会疼,那时我体会了一下,没有感觉到任何疼痛,觉得是一个好的征兆。但是左腿的膝盖依然疼痛。然后身体就开始轻轻摇摆,非常缓慢,但脚底还是很稳,有后仰的倾向,我顺其自然。但想到为什么平时我们说笑得"前仰后合"而不是"后仰前合",觉得有点奇怪,因为身体往前就不可能仰,往后也不可能合……再把念头收回来，身体开始出现异常轻微的颤抖，渐渐地，抖动变得明显，幅度逐渐增大，方向也开始变化，前后、上下都有，但没有左右。然后我用意念让身体停止颤抖，这一次立刻就停住了，而且双腿也没有如弹簧般自己起伏，而是完全静止，一动不动。一分钟左右，突然觉得整个身体臀部以上的部分全部悬浮在空中，一点重量也没有，唯一与世界相连的只有双脚的脚掌。身体的其他部位甚至有并不存在的感觉，完全静止不动，身体与宇宙融为一体，好像"入定"了，而且觉得自己可以一直保持这样的姿势……

身体"虚无"了五分钟左右，我决定收功（今天还有很多工作要做），睁眼一看，正好一个小时。收功时感觉从未有过的宁静（我平时大部分时间都是非常平静的，但今天的宁静又深入了一层），妙不可言。

昨天因为事情实在太多，只抽空冥想了 40 分钟，效果平常，但收功时打了一个饱嗝；今天打了两个。

祝各位无量寿福！很高兴 June 又回来了。

晓萍

第十七天（星期五）

Jon：

对你在辟谷日出现的低烧现象深表同情。但是一天的效率降低可能换来你日后长久的高效工作，所以还是要坚持辟谷啊！

顺便向大家汇报一下，昨天是我的第一个辟谷日，早上冥想开始时感觉肚子有点饿，但结束时打了饱嗝之后就不再感到饿，因此就一直没有吃喝，直到 11 点才想到该吃东西了。下楼倒了一杯我最喜欢的果汁（半个牛油果，半根香蕉，一小把核桃仁，些许蜂蜜，一杯牛奶），喝完之后一直到下午四点都没有任何饥饿的感觉。后来我倒了一杯果汁（芒果加香蕉），到晚上才喝完。

晚上烧菜的时候不小心尝了一下菜汤的咸淡,突然想起"不食人间烟火",不过已经吞咽,来不及阻止了。算是一个小误差。睡觉之前吃了一个苹果,感觉非常甜美。整整一天都没有任何饥饿或不适的感觉。相反,为自己能够开始辟谷,不被"馋虫"勾引而高兴。想想前两天我还吃了两罐我最喜欢的冰激凌呢!

今天早上在办公室站桩冥想,气感来得很快(我觉得我的办公室特别好),这一次是手心发热和"头脑"发热同时发生,然后是整个背部。两只手臂的上半部很酸,但是不疼,膝盖今天也没有疼。到半个小时日光灯熄灭的时候,全身充满了真气并开始摇晃。但是我想到 June 说的不动能更好地吸收真气,于是在想"整体意识、良性意识"的时候,就故意跳过了"颤抖意识",怕一想到"颤抖"二字,身体就会真的开始颤抖。在这种情况下,我坚持不动,大约 15 分钟,气很足,能明显感到气流在左手和右手的手指指尖穿来穿去,指尖有微麻的感觉。全身都很热,手心处热气滚滚。但是,没多久,10 个手指开始轻微抖动,我顺其自然,胳膊、腿也开始抖动,然后全身的抖动自动开始,由缓到疾,大约 15 分钟,我用意念告诉自己停止,立刻生效。此时,两只手臂酸的感觉完全消失了,上半身"悬浮",自觉手臂抬得很高,但完全静止无感觉。5 分钟后收功,踮脚时依然不稳,但饱嗝又出现了。今天整个冥想时间为 70 分钟。

下星期四我会继续辟谷(其实我今天也想辟谷,但觉得可能太多了也不好,所以就等一等吧)。

祝各位周末愉快,无量寿福!

晓萍

第十八天（星期六）

各位早上好！

我刚刚结束站桩冥想。今天因为剧场没有开门，所以就在门外开练了。好在周围没有一个人，我一个人占有这个巨大空间。

今天是这么多天以来完全没有颤抖的一次，但是在 30 分钟以后，全身发热，身体像火球一样，每呼一次气，就能感觉身体里面的能量向外发射，然后就开始流汗了。早上出来怕冷，还戴了围巾、穿了大衣，练功的时候不能动，因此就不能脱，热得够呛。想想我这个平时不怕热但是特别怕冷的人现在居然在身体一动不动的情况下能产生如此热量，自己都觉得惊奇。看来人的潜能真是无法估量啊。

大约在 45 分钟之后肩颈部的疼痛又开始出现（前几天因为颤抖就完全感觉不到疼），重新反映身体深层的问题，左边膝盖也感觉疼痛，但手臂还好。肚子咕噜了两声，其余正常。

然而，今天杂念很多。特别是想到昨天我们系的务虚会我让所有的老师都自带枕头，我教他们打坐冥想的情形，情不自禁地微笑了。总共 10 分钟，大家表现得都非常好，除了几位年纪大的没有坐到地上，其余的全部盘腿而坐，有一位竟然可以双盘！那么安静的 10 分钟，太美妙了。之后的讨论非常顺利，许多问题达成共识。哈哈，我真是太高兴了。

这些天通过练习冥想，发现一个规律性的东西，那就是练习 30 分钟以上和以下感觉是大不相同的。现在我理解为什么当时师父说练一小时就是"冲关"的道理了。我的奇特体验大部分都是 30 分钟以后出现的，如果那时我就停止的话，收获就不一样了。而 45 分钟以后，又是一个台阶。所以如果你们还没有开始 30 分钟以上的话，也许到尝试一下的时候了。

今天我的冥想时间是 50 分钟，结束之后依然打了两个饱嗝，看来又"食气"了。想想从星期四到现在,我总共才喝了三大杯果汁,吃了一小碗饭菜、两个苹果,居然不饿而且精神饱满。觉得自己都快要成仙了,呵呵。

祝各位无量寿福!

晓萍

第十九天(星期日)

各位好!

每天冥想都是一段新旅程的开始,此话真是一点不假。

今天更换到夏令时,所以醒来已经8点了,赖了一会儿就起床,脸都没洗,就穿着睡衣睡裤开始站桩冥想。起先有点凉飕飕的感觉,刚吸了几口气,就觉得有饥饿感,没有理睬,进入状态,"吸、静、呼、松","整体意识、良性意识",跳过"颤抖意识",面带微笑,身体静止不动。

接着杂念就飞过来了。第一个想到的是今年寒假我们全家去泰国旅行,我还一直都没有时间写点什么……然后就想到我们在清迈骑大象的情形,一个题目出现在我的脑海:"幸运的大象在清迈"。开始构思文章的写法,突然想到自己"上了船",立刻把思路拉回来。但还是觉得这个题目很妙,不禁微笑。然后继续关注呼吸和身体的反应,但不一会儿,又一个杂念飞来了,那时眼前出现我们当时在一起学习冥想的情形,10个学生,2个老师,总共12个人,在楼下的房间里站桩冥想,气场很足,而且充满了正能量,这可能也是我们大家一直能够坚持的原因,我们的起点和基本功打得好。

然后我就想到12这个数字,在组织这个班的时候,其实我对数字并没有什么概念,后来一看,正好是12个人,现在一想,按照师父的说法,无中生有,有生一,一生二,二生三,三生万物。三个月是一个季节,$3 \times 4 = 12$,一年四季12个月,人的生肖是12年一个轮回,人体有12条经络,因此12是一个圆满的数字,才想到我们当时12个人就是一个圆满的数字,再加上我们后来的3 600元善款,是36(=12×3)的100倍,也是一个大圆满的数字。这是怎样的巧合?因此我脑子里就出现了另一篇文章的题目,叫做"巧合圆满"。想到这里,我禁不住微笑了,但也觉得自己"上船"太久了,必须把念头拉回来,全心全意放在自己的身体上。

一回念,就感觉到身体开始发热,发热的部位是在小腹周围,然后慢慢蔓延全身,这和以前手心先发热不同,是一个新的体验。然后杂念又来了,我突然想象我的小腹现在变成了一个炼丹炉,里面的火焰正在熊熊燃烧,把能量向外发散。而且那时可能也就是在冥想开始后20分钟左右,看来这个炼丹炉启动得比以前快了。这时身体前后有一点摇晃,但是脚底像打了桩一般一动不动。我又想到"整体意识、良性意识",但这次没有跳过"颤抖意识",身体居然没有任何颤抖的意思。我又体会了一下手臂有无疼痛感,居然也没感觉。更有意思的是,这时左手手臂有明显的"悬浮"感,好像不存在了一样,而右臂的悬浮感不强,上部有一个点感到疼。想到今天没有抖动就能产生悬浮感,心里有些得意,想笑,但及时制止了。又回到"整体意识",关注呼吸,吸气的时候想到"五星之气,六甲之精",突然打了一个饱嗝。然后我就自动把它改成了"吸入天地之气,造就六甲之精",用这个意念取代其他杂念。

再回念到身体的时候,全身已经开始冒汗,脸上也能感到细细的汗珠渗出。特别奇怪的是,前些天我冥想的时候每次都觉得右边的身体比左边要更热、气感更强,但是今天反过来了,身体的左边明显感觉更热、气更足,右边反而显得"弱"了。这个现象很有意思,不知道是否由刚才左臂的"悬浮"导致。这时大概是40分钟的样子。我继续关注身体,两臂突然觉得沉重起来,膝盖也有些疲惫感,我提醒自己"见怪不怪",必须坚持,几分钟后,这些感觉消失了，进入非常宁静的状态。然后右边的身体感到热度增加，气感越来越足，与左边相当了。我决定结束，睁眼一看，已经过去了65分钟。

收功的时候一开始还是不稳，但到脚跟落地了三次之后就比较稳当了。有意思的是，今天脚跟每落地一次，肚子就叫一次，不是胃部，而是小腹，尤其是左边的小腹，起码咕噜了五次。收功完毕时，没有打饱嗝。但是几分钟后，打了两个饱嗝，已经全然没有饥饿感了。

祝各位周日圆满，无量寿福！

晓萍

第二十天（星期一）

各位好！

今天一早就来到办公室站桩冥想。整座大楼静悄悄的，学院一天繁忙的活动尚未开始，正是冥想的好时机。

经过三分钟预备式之后，进入冥想状态，照例是"吸、静、呼、松"，指尖有微麻的感觉，气流有点连通。杂念迅速飞过，想到这些天每天给你们写的报告，和者虽然不多，但相信你们在阅读的时候都会有会心微笑的时候，"默契"二字浮现脑海。最近我正在思考写一篇关于默契的论文，探索这个有趣的现象，尤其是其形成的背景，就开始回顾我们之间建立默契的整个过程。比如我说"上船"，大家就知道是什么意思，无需解释。我写"嚼36下"，大家也心领神会。这是因为我们一起上了三天课，有了共同的知识背景和冥想背景的缘故。如果没有和我们一起学习冥想的人看我的报告，可能就会觉得难以理解，我和他们之间的默契就不存在了。

"上船"太久了，我把意念收回来，耳边响起"无念无我、无欲无求"，然后又扩展到"无思无虑、无忧无愁"，再想到"无怨无悔、大慈大悲"，然后回到身体本身，感觉今天左、右手臂都比较沉重，好像是昨天练到沉重处的延续，嘴角有点下滑，意识到的时候立刻想到"整体意识、良性意识、颤抖意识"，开始微笑，但身体决然没有颤抖的意思。我觉得自己可以"入定"，纹丝不动，没想到双腿立刻摇晃了两下。我把它们稳住，注意力回到呼吸上，想象小腹如炼丹炉般熊熊燃烧，此时身体发热，左右两边热度相当，平衡，感觉比昨天进步了。日光灯熄灭，我开始进入佳境，气流在身体里面来回游走，两手之间充满真气，右手的中指和无名指之间手掌上的神经产生酸痛感，每次气流一穿过，酸痛感就出现，这是这么多天来的第一次，不知何故。大概五六次之后，感觉消失。

大约 50 分钟的时候，我打了一个饱嗝，然后觉得自己的嘴角开始自动往上翘，立刻就想大笑，但没想到这一笑就启动了整个身体的颤抖，从腹部开始，到五脏六腑，到双腿和双臂，全部颤动。我听之任之，却感到两个膝盖疼痛无比，只能把腿部抬高少许。我注意到颤抖还是两个方向，前后或上下，没有左右。大约 10 分钟后，我用意念让它停止，立刻生效。此时，双臂抬得很高，完全"悬浮"，双手胀鼓鼓的，感觉整个胸前充满了真气，美妙无比。

又过了 5 分钟，我决定收功，这次肚子没有叫，完毕后也没有打饱嗝。我看了一下钟，整整 70 分钟，发现办公室的钟还没有调到夏令时，就去调了一下。然后坐下来，就打了一个饱嗝。

我的"幸运的大象在清迈"一文已经写好，在此与大家分享。

无量寿福！

晓萍

第二十一天（星期二）

各位好！

今天我在家站桩冥想，怕到时候太热，就穿得比较少，结果今天就热得比较慢，全部 75 分钟之后也没有出汗。

杂念在前面 40 分钟一刻不停。最先想到的是"练功的时候我在想什么"，然后突然想起村上春树曾经写过的一本书——《跑步的时候我在想什么》①。村上春树是我认为最有才华的日本作家，每年都期待他得诺贝尔文学奖，但至今还未实现。他的小说里那种"出世"（Out of this World）的体验和想象，以及虚实相间的叙述方式，一直深深吸引着我。我最喜欢的有《海边的卡夫卡》《国境之南太阳以西》和《世界末日与冷酷意境》。有意思的是，《跑步的时候我在想什么》是一本完全现实的个人独白，从书中我才了解到他是一个马拉松运动爱好者，还是一个"铁人三项"的实践者，但这些与小说完全无关。而他这么玩儿命锻炼身体的重要原因就是为了能够长期写作，因为他发现写作需要耗费大量的精力，没有一个健康的身体是支撑不下来的。以前我想象作家都是文弱书生，村上春树却是十项全能。我突然想我每天练习冥想的话也能满足体力和精力的需要，可以长期写作下去，多好啊。我是不是应该写一本《冥想的时候我在想什么》这样的书呢？哈哈，又是一个好题目！

情不自禁地微笑之后，我把杂念收回来，关注呼吸和身体的变化，胃部发出咕噜声，可能是饿了，但我昨天其实吃得不少，中午因为要陪别人午餐，结果自己也吃了三道菜，每样东西都很美味。晚餐只喝了一碗玉米粥。我又告诉自己不要胡思乱想，耳边就响起"无念无我、无欲无求"的声音，然后

---

① 后来去查了一下，发现原来这本书在国内译为《当我跑步时我谈些什么》，觉得这个书名翻译得实在不合适，一个人跑步的时候怎么谈话呢？用"想"这个字绝对更合适。

思绪又飞出去,想到了很多和"无"有关的成语,比如无拘无束、无影无踪、无时无刻、无情无义、无缘无故、无怨无悔、无声无息、无始无终、无奇不有……糟糕,不知今天为什么有如此之多的杂念!

30分钟之后,身体渐渐发热,一直延续,到60分钟左右,右边肩部和左边手臂各有一点非常疼痛。然后奇妙的事情出现了,不是身体的颤抖,今天一点也没有发抖,而是心灵的无比宁静,静得没有一点声息,整个身体一动不动仿佛凝固了一般,变成雕像。我就这样保持了10分钟左右,收功,小腹咕噜了几下,然后就打了一个较大的饱嗝,饥饿感消失。

我盼望辟谷日的到来。

祝各位无量寿福!

晓萍

大家好!

每天分享晓萍老师的冥想体会是一种幸福。从开始学习到现在,算起来还不到一个月的时间,晓萍老师的进展速度实在是令人艳羡不已。我当时站桩到75分钟可是花费了相当长的时间才做到的,呵呵!

其实我在山上接触的每个修炼者的体验都不同,像晓萍老师反应这样快捷的并不多,站桩、打坐冥想的过程中没有明显感觉的也不少,但只要坚持下去,同样能够起到应有的养生和养性的效果。只是"坚持"两个字说起来容易,做起来难。师父讲课的时候常说冥想练习对于有些人而言,往往先是激动,然后是冷冻,最后是不动。所以师父非常强调知行合一,正如他常说的24个鸡蛋装进篮子的故事,要想得到养生的功效,必须坚持练习才行,一日修炼,就有一日的效果。日久天长,功效就会非常显著。为了满足每天工作对于体力和精力的需要,坚持练习吧!

上士闻道,勤而习之;中士闻道,若存若亡;下士闻道,大笑之,不笑不足以为道。(《道德经》·第四十一章)

无量寿福!

June

第二十二天(星期三)

大家好!

June 和师父对我的赞扬及鼓励,让我心花怒放!

今天还是在家里站桩冥想,从头到尾一共 81 分钟,没有颤抖,没有出汗,只是肩颈部那一小块地方依然留有灼烧般的痛感,热乎乎的。

今天的杂念少了很多,预备式的时候脑子里情不自禁过了一遍自己今天要做的事,然后把每位朋友和老师想了一遍,面带微笑,进入冥想姿态。窗外迷雾蒙蒙,所有的树似乎都悬浮在空中。腹式呼吸,深、长、匀、缓,十指对齐,闭上眼睛,冥想开始。

第一个飞过的杂念是"出世"的感觉,耳边突然响起周杰伦在《十二新作》专辑中的一首歌——《爱你没差》,是我觉得歌词和旋律最有意思的一首。周杰伦是我最喜欢的歌手,他的歌特别有沧桑感、幽默感和穿越感。穿越就有那么一点"出世"的意思了。这首歌的歌词我都记住了:没有圆周的钟/失去旋转意义/下雨的天好安静/远行没有目的/距离不是问题/不爱了/是你的谜底/我占据/格林尼治/守候着你/在时间/标准起点/回忆过去/你却在/永夜了的/极地旅行/等爱在/失温后/渐渐死去/"对不起"这句话/打乱了时区/你要我/在最爱的时候睡去/我却越想越清醒。后面几句是点睛之笔,也是我特别喜欢的。

接着在"船上",我又想到我喜欢的法国的一个画家雷尼·马格利特(Rene Magritte),他的画更是充满了"出世"之感。记得去年年底的时候我兴致勃发,把周杰伦的歌和马格利特的画放到一起,编了一个《诗画拼凑集》,这些画是我的朋友海子临摹的,惟妙惟肖,其中有一张就是针对这几句歌词的:

爱你不怕 那一点时差
就让我静静一个人出发
你的心总有个经纬度 会留下
我会回到你的世界 跨越爱的时差

"上船"太久了,我回过念头,重新关注呼吸和身体。奇怪的是,在20分钟到40分钟之间,我没有感到身体任何部位的疼痛或声响,寂然无声。心中窃喜,不禁微笑。今天穿得还是不多,所以只感觉到热气浮动,但不强烈。一直到60分钟之后,右边肩颈有一处(老地方)疼痛出现,然后就感到丹田之火燃烧,而且好像有火苗直接飞到疼痛处,使痛感蔓延走远。再吸气呼气,丹田之火越烧越旺,一次一次涌向全身;而那疼痛处也渐渐出现灼烧感,持续,直到结束,依然如此。睁开眼睛的时候,才发现时间已经过去了这么久。

昨天睡前我练了打坐冥想,本想半个小时结束,结果睁眼一看竟然已经坐了一个小时!我发现静坐冥想的时候杂念很少,乏善可陈。

无量寿福!

晓萍

第二十三天(星期四)

各位好!

继续向大家汇报。今天一早送女儿去学校后就来到办公室,关上门,脱掉高跟鞋,开始站桩冥想。

昨天晚上睡得不太好,一直想着今天就能辟谷,很兴奋,还想着晚餐要在生菜沙拉中放什么原料(比如坚果、酸果蔓干、生梨片、帕尔玛奶酪)。早上醒来时没想到肚子竟然有点饿,就喝了几口我自制的牛油果果汁。站定之后,想一遍"头正,身直,双脚与肩同宽,舌顶上腭,微微提肛,双手自然下垂",闭上眼睛,关注呼吸。三分钟后,进入冥想状态,指尖出现微麻感,双臂没有感觉。但脚底略感凉意,好像有个喷嚏正在酝酿,想到Lian打喷嚏的情况,不禁微笑。但我自己没有打喷嚏。

大约五分钟后,两手手心开始发热。我想这是因为办公室暖气比较足的缘故。然后有明显的杂念飞过,能够记得的一个是我去年在新加坡访问时与一位同事的对话,那是一次很特别的对话,因为我们谈的都是触及心灵深处的东西。那是我第一次用语言描述自己那种脱离自己身体(Body)的感觉,就像我是另一个人在观察自己的一举一动,我把自己看成是"她"。这种感觉伴随我多年,曾经有很长一段时间我写作的时候不用"我",而用"她"。这位同事却一下子就领会了我的意思,估计她自己也曾有过类似的感觉吧。现在想来,这其实是觉知(Mindfulness)的另一层意思,也是"整体意识"的一种注解,即自己像旁观者一样看着自己。这种意识会让自己有超脱的感觉,不会轻易陷入其中为区区小事计较,而更有"不以物喜,不以己悲"的情怀。

　　思绪还在"船上",我又想到那天访问结束之后他们让我做的一件事,非常特别。同事自己也是心理学家,而且关注文化心理学,他们在办公室放了一幅画,画面模糊不清,似乎有匆匆的人影、街道等。她要我看这幅画五分钟,然后写下我随意飘过的思绪,用英文、中文皆可。我去过许多学校作讲座,这样的待遇还是第一次。我记得自己当时用中文写下了一首小诗,表达自己对画的解读。访客留言簿上已有许多过去来访问的学者的留言,这真是一个罗夏克测验的翻版,很有意思。

　　另外一个杂念是昨天其他几位功友的邮件和对我的鼓励。我想也许是那段周杰伦的歌配马格利特的画启发了大家。所以今天我又想到周杰伦的另一首歌——《七里香》,其中的歌词与马格利特的画也是绝配,这里与大家分享一下:

院子落叶
跟我的思念厚厚一叠
几句是非
也无法将我的热情冷却
你出现在我诗的每一页

大约20分钟的时候,左边的手臂中部开始疼痛,右边的手臂感觉轻巧,让我想到"身轻如燕"的成语,脚掌深扎地面,整个人都非常稳定。我在念"颤抖意识"的时候故意大吸了一口气,身体却依然纹丝不动,很得意。然后丹田的热气开始弥漫,想到"三真天仓,青云常颖",觉得应该改成"热云常颖"。这时肚子开始咕噜了几声,然后就打了一个饱嗝。之后到40分钟的时候又打了两个饱嗝,我心想一定是今天冥想之前喝了果汁的原因,居然没到结束时分,饱嗝就出现了。

日光灯熄灭的时候正是我浑身真气勃发之时,感觉沉浸在热气中很美妙。持续到60分钟的样子,右边肩颈交界处(就是那个老地方)的疼痛又出现了,没有像昨天那么犀利,但是也有一定的强度。我转移注意力,想到我的双手,手上立刻产生气流(电流)通过的感觉,手心越来越热,脑袋和整个身体也越来越热,好像要出汗,好像又没有,就这样保持了15分钟。收功时想象全身所有的真气都通向丹田,沉入气海,不再流动。然后并住双脚(此时脚底已经十分温暖),踮脚九次,之后收腹提肛,十个脚趾紧抓地面,三分钟后搓手放松。饱嗝如期出现,两下。

今天整个冥想时间从头到尾80分钟。我自练习冥想以来,从不用音乐,效果良好。另一个进步是深呼吸变得更加容易。一开始觉得躺着的姿态很容易深呼吸,现在站着也好多了。

祝各位无量寿福!

晓萍

大家好!

很高兴看到大家都在坚持每周一次的排毒,并且已经取得了不错的效果,我在这里把排毒日的重点再次强调一下:第一,每隔七天断食一顿,必须是午餐,日期需要固定,以便身体形成习惯。第二,排毒日的饮食安排为:早餐素食、流质、不沾烟火,可以是生鲜的水果汁、蔬菜汁;中午不吃;晚上素食,不沾烟火,比如蔬菜沙拉(不放沙拉酱)、水果沙拉、干果等。

春天已经来临。按照《黄帝内经》的说法,春天是养肝的最佳时机,肝五行属木,在五色中为绿色,建议大家多食用绿色的食物,有助于养肝。另附上《黄帝内经·素问·四气调神大论》关于春季养生的论述,供大家参考。

> 春三月,此为发陈。天地俱生,万物以荣。夜卧早起,广步于庭,披发缓形,以使志生。生而勿杀,予而勿夺,赏而勿罚。此春气之应,养生之道也。逆之则伤肝,夏为寒变,奉长者少。

遥祝各位春安!

June

第二十四天(星期五)

June:

谢谢你详细的说明!我对照了一下自己昨天辟谷日的饮食,发现基本不谋而合。早上一大杯牛油果果汁,午餐免去,下午吃了一点生的坚果,晚餐就是昨天我睡不着的时候想的蔬菜沙拉,八点半的时候吃了五颗草莓。一天都觉得饱饱的。"不食人间烟火",此言不虚也。

其实这基本上也是我每天的食谱,只是我平时晚餐的时候吃的基本上都是在烟火上加工过的东西。

今天早上起床之后开始站桩冥想,整个过程很紧凑,感觉特别好。奇怪的是,一进入冥想姿态五分钟左右左手的手腕处(骨头)就感到疼,这是以前从来没有出现过的。我忍不住分析了一下,突然就想到多年前这只手腕骨折的事。那还是我上高中的时候,正是春暖花开的季节,好像是个星期天,我一个人骑着自行车去柳浪闻莺附近的地方爬山,看到山坡上有野草莓,就一边哼着歌(好像是台湾流行歌曲),一边摘采,结果一不小心摔了一跤,手一撑地,就感到剧痛。赶紧骑车回家,父亲带我上医院,骨折,打了三个月的石膏。以为早已痊愈,现在又疼了,可见还有点儿隐患。

这个痛点吸引了我的注意,我就开始默念"整体意识、良性意识、颤抖意识",转移思路。这时耳边就想起了昨天女儿练琴时的钢琴曲,是莫里斯·拉威尔(Maurice Ravel)的 *Albarada*,那天在收音机里也听见了。钢琴声一直萦绕,就像背景音乐一样躲在我漂浮的思绪后面,贯穿今天的整个冥想过程。写到这里,我有一个问题:既然在冥想的时候可以有音乐伴奏,那么自然地去冥想音乐是否可以呢?

有意思的是,大概过了 10 分钟我再去关注左手手腕时,疼痛感已完全消失,之后再也没有出现(痊愈了?)。更有意思的是,前两天右边肩颈交界处那个痛点,今天竟然也完全没有疼痛。我想起那一点,想唤起昨天那样的痛感,小心翼翼地去体验,居然没有找到,也许有希望了?

大约 30 分钟的时候,明显感到丹田之气涌现,与此同时,头脑里面也有热气出现,我突然想到,是不是我的上丹田也开始发火了?哈,上丹田和下丹田一起发火,一个往下走,一个往上升,全身立刻就"烧"热了。手脚十分温暖,头脑也十分温暖,感觉实在太好了啊……

40 分钟之后杂念明显减少,手臂几乎没有感觉,偶尔有气流在指尖流动,忽略……我感到十分宁静,好像可以永远站下去,一动不动,无思无虑。然后有一篇要我指导的论文跳入脑海,思绪又在"船上"走了一会儿,收回……背景音乐浮现,听到门外狂风席卷而来,想到昨天在校园里拍的樱花照片,以及自家院子里盛开的茶花和红叶李花,春天的天气就像孩子的脸一样。

大约 45 分钟的时候出现"食气"现象（即打饱嗝），60 分钟结束冥想之后照旧，两个。完全没有饥饿感了。

周末愉快，无量寿福！

晓萍

第二十五天（星期六）

各位好！

每天能向大家汇报冥想体会，对我来说也是一件幸福的事。

今天女儿在华盛顿大学的 Meany Hall 排练并演出，因此送她过去之后我就来到办公室站桩冥想。

不知道是因为我自身内部的"火"力增强了，还是今天的暖气特别厉害，进入状态之后不到三分钟头脑就开始"发热"了。看来上丹田着火更快了？大家不要笑，我很喜欢"头脑发热"的感觉，好像大脑在洗蒸气浴一样，很舒服。然后就慢慢感到丹田之火也开始燃烧，全身很快就全部加热了。

杂念间或飞过，我基本含笑"观看"；只有一个稍微跟随了一会儿，那就是昨天看《财富》杂志评选出的全世界最令人羡慕的 50 家公司，在前 25 名中，就有 5 家是西雅图的公司：亚马逊、星巴克、好市多、诺德斯特姆、微软。波音排在第 26 位。这是多么令人骄傲的成绩啊，想一想这可是全世界范围内的评选呀。在亚洲的公司中，只有三星和丰田榜上有名，中国的联想在电脑领域被排到第三，但在大榜上无名。我就想了一下为什么西雅图的这些公司这么棒，肯定与此地的风水有点关系吧？所有上榜的公司全是私营企业，另外那些公司虽在不同的领域，但是每一家都创新不断，改善和提高了人们生活、工作的品质。这些年亚马逊的内功练得实在太到位了，它不仅从一个只经营图书的网站变成了网上购物商城，而且单经营图书这一项上的创新就有很多:Kindle 的诞生和发展,对出版业的革命性挑战,对人们阅读习惯的改变。而且它在云计算上的创举,在物流上的发明和革命,都让人津津乐道。星巴克从一家小小的咖啡店做到全球闻名,而且盈利不菲,与其不断创新亦密不可分。从只经营咖啡饮品到提供点心、茶饮品、音乐、速溶咖啡、巧克力、WiFi 再到给顾客完整的休闲体验,不一而足。而好市多这家全世界"最便宜最快乐"的公司(《商业周刊》语),在整个发展过程中又何尝不是如此,更别提微软了,虽然其产品的流行程度不如苹果,但是它在创新上的投入恐怕在全世界的公司中都是屈指可数的。

想入非非了一点,我收回思路,重新关注呼吸和身体,今天左手手臂隐隐作痛,但右手完全正常,很快就没了感觉。隐隐中两只手的指尖有时会重叠,移开,用意念对准。上丹田和下丹田仍然发散热气,然后突然就觉得胸口的热气也越来越旺了。我醒悟到,可能是中丹田也开始着火了。哇,现在居然上、中、下丹田都能"发火"了,太开心了! 不过我还是抑制住自己欣喜的心情,依然吸、静、呼、松,沉着冷静。"不以物喜,不以己悲"嘛。

大约45分钟时,食气现象发生,冥想结束时(60分钟)又有一次,如常。

55 分钟的时候,右边肩颈感觉疲惫,但是不疼,然后大脑也感觉有点困倦,想睡觉。拉威尔的钢琴曲又出现了。

祝各位周末愉快,无量寿福!

晓萍

第二十六天(星期日)

大家好!

今天是我晚起床的一天,9 点以后才开始冥想。5 分钟后,似乎就证明我昨天想象的上、中、下丹田都能"烧火"的感觉是真实的,因为那时,我就明显感到头脑发热、胸口发热、丹田发热,手心也热乎乎的,全身立刻就暖洋洋的,进入到我平时需要 20 分钟才能进入的状态,感觉到身体内的真气一阵一阵地散发出来,我就想,如果此时此刻有红外线测光仪对着我的身体的话,一定能明显看到三个能量中心,那就是上丹田、中丹田和下丹田,并以下丹田为能量圈最大的那个。与此同时,应该还能看到我全身外侧的每一个毛孔散发能量的情景,有"一闪一闪放光明"的景象,多可爱啊!

但在浑身发热的同时,我隐隐感到左手的手肘处和上臂的某一点有疼痛感,右手则完全没有,从头至尾几乎都感觉不到它的存在,也许它已经进入了较高的境界。我默念"整体意识、良性意识、颤抖意识",身体稳稳当当的,完全无须害怕它会颤抖了。我想也许是我的五脏六腑经过前段时间的抖动之后,已经顺应了地磁力线的方向,并且到位了的缘故。

今天的杂念持续的时间都不长。一闭上眼睛的时候,脑海中立刻浮现刚才的梦境,好像是我和朋友们正在准备一个派对,为需要烧的菜忙碌着。不知为什么,冰箱里放满了朋友钓来的鱼,其中还有一条鳗鱼。我记得在梦中我已经做了几个菜,然后我对 Anne 说:"你可以烧鳗鱼吗?那可是你的拿手好菜。"Anne 看看鳗鱼,说:"没问题,我来吧。"然后我想到村上春树《海边的卡夫卡》里面的那个老头,最喜欢吃的就是熏鳗鱼(Unagi),每天吃上一条的话就特别心满意足,忍不住微笑。那可是个很有功夫的老人啊!

后来的一个杂念回到我那天想到的"默契"这个概念上,我正在就此构思一篇论文。我又想到 Anne,我们俩一起工作这么多年,做了很多事,我们创办的学会已经过了十周年的生日,会员超过 6 000 人,我们共同经历了很多,在许多问题上都已经有了相当的默契。但我们却从来没有一起写过或者发表过一篇论文,现在机缘是否成熟,可以写写关于"默契"的论文了呢?

从杂念中回到身体的时候,全身已经越来越热,明显感到脸上有一层细细的汗珠。这时突然觉得身体的能量中心也许不止三个,而是五个,因为两只手的手心一直热气滚滚,手指间或也有麻和刺的感觉。所以我决定把身体的能量中心扩展到五个。June,问问师父,我这个想法有道理吗?

更加奇妙的是,从 50 分钟开始,我明显感到我的后脖子也开始散发真气,这是以前从来没有过的,难道那儿也是一个能量中心?我现在有点迷惑了。不过后脖子的真气后来一直没有间断,到 65 分钟的时候还是如此。那时,左手的疼痛感也基本消失。结束冥想时,食气现象如期出现,没有想到的是居然还打了两个哈欠!

祝各位周日愉快,无量寿福!

晓萍

晓萍老师:

关于您练功中的问题,我专门请教了师父。师父回复说,人体的核心能量中心有三个,即上、中、下三个丹田,但还有许多小能量中心,就是我们的经络穴位。经络本身代表的是人体的能量线,人体主要的 365 个正穴是能量线上的能量节点,都相当于身体上一个个的小能量中心,由于每个人的因缘和敏感部位不同,故而对能量点的感受会有所不同。长期练功的人有两个特征,一是"全身无处不气注",即三个丹田和 365 个穴位都会同时体会到真气充盈;二是"毛孔呼吸",也就是道书里讲的"胎息"的表现,会感受到身体皮肤的每个毛孔都会呼吸,完全不用口鼻呼吸,而是像胎儿在母体内的呼吸方式一样。师父常说,东方的科学体系是将自己的身体作为实验室,我们对自己身体的认知会在日复一日的练功中不断增强的。仅供您参考!

无量寿福!

June

第二十七天(星期一)

June：

谢谢你的解释,感觉很棒!

真高兴原来身体有那么多小能量中心呢!要让它们每一个都发光发热看来需要我们长期不断地修炼。

今天进入冥想状态之后,5分钟时手心先发热,两只手心同样热(这也是近一周的现象,以前都是右手比左手热),然后才是下丹田。中丹田到15分钟才发热,而上丹田则一直都不太热,到快60分钟的时候才有明显的热量放射,很有意思。

今天与平常最不同的地方是两只手臂,左臂有轻微的痛感,右臂则完全没有,而且没多久似乎就失去了知觉。大约30分钟后,左臂的痛感也逐渐消失,到45分钟的时候,两只手臂完全悬浮,好像不存在一样。我就想,"痛则不通,通则不痛",说明我的手臂现在"通了",令人欣喜啊。但整个身心都无比宁静,双脚和膝盖也没有感觉,两个脚掌紧贴地面,又稳又牢,有一点"入定"的感觉,仿佛可以永远这样站下去……

45分钟左右的时候打了两个饱嗝,我突然想到"食气"和"采气"之间有什么区别。我这里有一个问题,采气是一个主动词和状态,食气是一个被动的状态,如果我在冥想开始前先用意念想"我要采气"的话,那么在最后结束时"食到的气"是否会更多一些或者质量更好一些?现在我从来不想"采气"二字,但自然地似乎就食到了气。如果未来我想多辟谷几日的话,在冥想的时候是否应该增加一些特别的"采气"动作呢?

60分钟时结束冥想,睁眼一看,窗外已是阳光灿烂。

祝大家一周愉快!无量寿福!

晓萍

大家好!

正如 Lian 所讲,从学习养生功法到今天刚好是一个月的时间,希望每个人都不同程度地有所收获。Lian 提出的问题很好,我想可能其他人也会有兴趣了解,故而尝试回应如下,仅供各位参考。

问题一:无论站桩还是打坐,建议每次练习的时间不少于 30 分钟,最好达到 50 分钟至一个小时。通常早上站桩,一天的精神都会比较好,但如果早上来不及,也可以在下午或者晚上练习。两种冥想方法连起来练习,效果会更好!

问题二:晚上静坐之后,可以稍微让腿与脚的麻感缓解下,然后再上床睡觉。

问题三:静坐时如果感觉冷,建议用毯子盖住腿脚,冬天也可以把肩背部盖住。练习静坐时,很怕受风,因为练功中身体的毛孔处于开放的状态,一旦受风,不易排出,故而静坐时,需要注意保暖。站桩时也要避开风口才好。

问题四:建议尽量选择不易被干扰的时间冥想。如果临时有事需要处理,随时结束就好。

晓萍老师提到的采气问题,一般分为自然食气与专门功法采气,两者都能达到辟谷的效果。在练功中自然食气效果更好,但不宜刻意用意念"采气",而应在自然的状况下,达到真气充盈后自动出现气满不思食的状态。

无量寿福!

June

第二十九天(星期三)

各位早上好!

今天我淋浴之后开始冥想,浑身一直热气腾腾。

冥想之前看了一下邮件,结果就有很多要考虑的事进入杂念。我闭上眼睛,放松身体,双手自然下垂,关注呼吸,杂念渐渐走远,进入状态。

大约五分钟左右,手心开始发热,因为刚洗完澡身体本身就比较热,所以三个丹田开始发热时,已经明显感到头上冒汗。我默念"整体意识、良性意识、颤抖意识",感觉脚底像打了桩一样牢固。我想到"坐如钟,站如松,行如风",而现在我是"站如桩"。我又想现在如果我去学滑雪的话,可能功底更好了。

接着脑海里响起了女儿最近拉的一个小提琴曲,是比利时小提琴家查尔斯-奥哥斯塔的《第九协奏曲》的第一乐章,琴声充满激情。我移开思路,却出现了"Mindful Leader"的想法,就想到 Mindful Leader 应该比普通的领导者更加有效,然后脑海里就出现了一个简单的理论模型,来说明其原理机制。大致想法如下:

首先,关于什么是 Mindful Leader,我想到之前自己在三个层面上的理解:

(1) 心要"在焉",做事或与人交往的时候全神贯注,全心全意;

(2) 能够跳出自身的存在,用第三只眼睛去观察审视自己(我刚写了一篇短文"隐形的眼睛"与大家分享);

(3) 能够觉察到自我在天地万物之间的位置,以及自己与他人和宇宙的关系。

因为这三个原因,所以一个 Mindful 的领导者或管理者能够:

(1) 对事物和人有更细致的领悟及观察;

(2) 更准确、更深入地了解自己,包括自己的长处、短处、才能、潜力(认知层面),同时,能更加深刻地了解、控制自己的情绪和欲望(情绪层面);

(3) 能够更客观地认识自己以及自己和他人的联系,了解自己的思想和行为可能对别人带来的影响(Social Mindfulness)。正因为如此,这样的领导者不仅能更有效地与人沟通、激发别人的工作热情、开发别人的潜力,而且更能营造和谐的人际环境、提高团队凝聚力,从而提升工作绩效和团队绩效。

很显然,我的思绪跑得太远了,而且在"船上"久居不下。赶紧回到身体上来,发现今天两只手臂居然一点都不疼,再感觉还不疼,我不禁微笑了;看来我的痛点已经被真气攻克啦,太令人高兴了。

这时,全身都冒汗了,清晰感觉到有汗水沿着身体左边的腰际流下来,把衣服湿透了。头部左边中侧的皮层有浅微的疼痛,而大脑里面却是热气蒸腾,呼吸深长匀缓,之后一个饱嗝上来。我猜想大约45分钟过去了。又持续了大约15分钟,我决定结束,头脑里又响起查尔斯-奥哥斯塔的小提琴曲,食气现象再次发生。

今天踮脚时,稳定程度好像有所加强;也许是桩开始往深里打了的缘故,但愿能够保持下去。

无量寿福!

晓萍

第三十天(星期四)

各位好!

昨天晚上睡不着,感觉到了"神满不思睡"的境界。早上起来照照镜子,发现眼睛居然看上去还不疲惫。冲了一个澡,就开始站桩冥想。

与昨天相似,今天很快就发热了。大约三分钟左右,手心和中、下丹田就开始"着火",全身一阵一阵地冒汗。我突然想,Anne 是否应该试一试洗完热水澡再练功,那样就不会练到最后还是手脚冰凉了。可能是因为进入状态特别快的缘故,也可能是今天冥想之前没有看邮件,所以杂念很少。偶尔飞过一个关于"默契"的想法,然后又想到 Mindful Leader,我觉得可能可以把它翻译成"觉知型领导者",一个人如果想要到达 Mindful 的境地,可以与道家的修炼联系起来,包括身、心、意和精、气、神的三者合一。

今天两只手臂一点都不疼,整个过程就仿佛它们不存在一样,感觉真是太妙了!无痛地练功,让我感觉到开心,才突然意识到自己的嘴巴一直没有微笑,很严肃的样子,立刻嘲笑自己,于是马上就笑了。想起有一次在笑的时候引起全身抖动的事,更加觉得可笑,现在每个器官都各就各位,一点儿动的意思都没有。

我故意把手臂抬高,来检验疼痛会否出现,还是没有。整个身体越来越热,像个火球一样。明显感到中丹田的大火,熊熊燃烧。全身暖洋洋的,好惬意啊。

然后想到周杰伦《菊花台》中的几句歌词,配上马格利特的神画,无比般配:

北风乱

夜未央

你的影子剪不断

徒留我孤单在湖面成双

今天因为比较忙,我只能在45分钟左右停止冥想。食气现象如期出现。今天是我的辟谷日,我已经向往了一个星期了。

无量寿福!

晓萍

第三十一天(星期五)

各位好!

今天起得比较早,一起床就开始冥想,又有新的体验。

进入冥想状态大约15分钟左右几个能量中心开始启动,真气渐渐充满全身。在此之前,出现一个明显的杂念,那就是感觉到生命的神秘和奥妙,在与外界隔离、两眼完全内视的时候,发现"身体里面有乾坤",而且是一个可以挖掘的无止境的宝藏。我想到村上春树在《世界末日与冷酷异境》中描述有个不小心掉落到枯井中的人,在井盖被盖上之后,陷入完全黑暗之际(他在里面待了好几天),看到自己内心以及出现的幻象,当时看得我胆战心惊。人们恐惧黑暗也许是不愿意完全面对自己的内心世界的缘故?从觉知的角度,把一个人关在没有门窗的房间里,可能也是迫使其面对内心的方法,可以很快促进人对自身存在的感知。当然,最简单的就是闭上双眼,立刻就可以与世隔绝。

真气充满全身之后,我发现杂念立刻减少,自然开始关注身体的各种微妙变化。今天双臂依然没有疼痛,而且几乎完全没有感觉,仿佛不存在一般。双腿的感觉也很弱,全身轻飘飘的,如入仙境。这样持续了大约15分钟,打了一个饱嗝(没想到的),让我微笑。然后"三真天仓"的热气越来越旺,有熊熊燃烧之感,接着就觉得身体的每个毛孔都张开了,一张一开,仿佛自己在呼吸一般。想到师父说的身体的365个能量节点,我似乎能感觉到有无数的小能量中心在散发热量,包括脖子后面以及手肘处。此时,对于身体存在的所有感觉就是呼吸以及毛孔的张弛。然后就觉得鼻孔里呼出的气也热乎乎的,可能是因为热了,鼻孔里的毛抖动得比较厉害,结果惹得鼻孔处痒嗖嗖的。因为不能动,只能想想"邱少云",任凭其痒,坚持不动。

10分钟左右,居然就不痒了。我又进入"仙境",然后就想,如果自己一直这么一动不动地站下去,而且对身体这个躯壳没有感觉的话,是不是能够"羽化而登仙呢"?"羽化"二字原来就是在练功状态下感觉出来的啊!

正如此美丽憧憬之时,右边肩颈处就出现了酸痛感,不是很疼,有点弥漫感,我估计大概练功到一小时了,更深度的问题重新浮现,看来前两天的不疼还是表面现象。如果练到一个半小时还不酸痛的话,也许才说明是真的痊愈了。但今天没有时间,只能就此打住了。

收功时,感觉真气慢慢流回气海,不再流动,储存生命的能量。睁开眼,窗外阳光明媚,一个美丽的早晨开始了。

无量寿福!

晓萍

第三十二天(星期六)

各位好!

感谢June的指导,才知道刚淋浴完毕不宜站桩。今天我一起床就冥想,预备姿态三分钟后,进入状态。想到站立的角度对功效的影响,我故意把膝盖弯得更深一些。

有趣的是今天从一开始就没有什么杂念,很容易进入全心观察自己的状态,并且十分宁静。呼吸均匀,手臂上抬,一动不动,大约10分钟才有气感,还是先从手心开始,然后是中丹田和下丹田同时发热,慢慢热遍全身。

右边肩颈开始没有感觉,之后有泛泛的酸痛感(似乎是沿袭昨天的)。我知道此处病痛已深,需要更深刻的真气攻击。

30分钟时意想不到地打了一个饱嗝,然后整个身体开始燃烧,似乎所有的能量节点都发散真气,要出汗了。

杂念在那时来临,一开始跳出来的词是"50岁以后的生命",我想到其实50岁之后可以有全新的生命体验,似乎是一个新生命的开始,就像我现在经历和感觉的。然后想到宗教,想到儒、释、道三教的区别和共同点,又想到宗教信仰与个体的意志坚定之间的关系。虽然我自己是无神论者,但是这些年来越来越感觉到有宗教信仰的人对外界诱惑或事物的抵御能力很强,他们似乎很容易做到坚定,不轻易妥协于与其信仰不一致的外在要求,即便是青少年也是如此。这一点本身就让我对他们刮目相看。我想也许我可以专门写一篇短文来谈一谈我的观察和思考,题目可以是"信仰与坚定"或者"信仰与淡定"。想到此,我不禁微笑了。

我发现现在自己对时间的感受越来越准确了。已经有一个多星期我都没有用闹钟之类的东西,但是每次练完之后去看表,基本都是一个小时多一点。其实如果我没有其他工作要做的话,可以练更长时间,每一次我都是强迫自己中断的,非常舍不得。我那么羡慕Anne可以进行五天的"闭关"啊,多幸福!

冥想结束的时候又打了一个饱嗝。腿部站立时,膝盖有些发抖。跺脚的时候,能听到脚上的骨头窸窸窣窣调整的声音。另外一个明显的感觉是,当脚跟落地的时候,能够感受到身体里的热气往上升,很美妙。

睁开眼睛,又是一个阳光灿烂的早晨,我微笑,并感觉神清气爽。

无量寿福!

晓萍

第三十三天(星期日)

各位好!

今天照例起床就站桩冥想。昨晚睡觉前我从网上下载了《道德经》全文,从头到尾读了一遍。这是我第一次阅读《道德经》,才发现里面有那么多文字其实早已成为中国老百姓挂在嘴边的语言,感觉那么亲切。且不说像"道可道,非常道;名可名,非常名"这样的名句,就是"不出户,知天下;不窥牖,见天道。其出弥远,其知弥少。是以圣人不行而知,不见而明,不为而成"这样的句子,其实也常见于知识分子的言谈。再比如"知人者智,自知者明;胜人者有力,自胜者强"更是我平常经常用来鼓励自己的话,原来还不知道是出自《道德经》的呢,真是惭愧。我把《道德经》发给大家,有空时可以诵读一下。

凌晨时睡不着,我就躺着冥想,大约有一小时左右,其中有一秒钟的时间体验到出奇宁静和身体虚无的感觉,极妙,但这个感觉后来找不回来了。站桩开始后,基本没有杂念,只是数着自己呼吸的次数,大约35次吸气时,身体感到发热,还是先手心(我现在认定手心是小能量中心),后丹田,再到中丹田。双臂悬浮,丝毫没有感觉。这样站定30分钟左右时,全身突然像着火一般,熊熊燃烧。渐渐地,所有的毛孔似乎都张开了。想到师父说的"胎息",我突然觉得是否我的生命从50岁重新开始了,因此我现在就是零岁,如同初生的婴儿一般纯洁无瑕。这个想法让我开心,仿佛有新生的欢喜。

大约40分钟的时候,饱嗝出现。我想到"药补不如食补,食补不如气补"这句话,原来气比食还要补啊,真的吗?那个气里究竟有什么呢?June,能否问师父一下?

全身的真气越来越足,毛孔不断地扩张、收缩,再扩张、收缩,呼吸似乎变得越来越长,有时一口气从吸进到呼完可以持续一分钟。明显感觉到汗水渗出皮肤、头顶,脸上也是汗津津的,太舒服了,真想一直这样站下去……

结束的时候,感觉膝盖有些疼,但脚部稳定了许多,跺脚时,仍有骨头调整的声音。脚跟落地时,真气往上升,食气现象如期出现。

《道德经》里有些段落我还没有看得太懂,需要再钻研一下。

无量寿福!

晓萍

晓萍老师:

我就您的问题请教了师父。师父说,气是生命的基本表达形式,又分先天化育万物的精华真气和后天饮食男女的营卫之气,就修炼者而言,前者可了脱生死玄关,后者可达至身心健康,道家的丹道修行称为"大药",就是指后天返还先天,勘破生命的意义。

而现在我们练习的是后天的气补,正如现代科学认识到人的生命活动依赖于能量,而常人的能量是通过我们平时吃的食物中的营养转化而来的,修炼者通过练功,则可直接练气(能量)来滋养我们的身体,省却了食物转化的程序以及由此带来的毒素、负担,并为还精补脑、开发智慧直至返还先天积累资粮。

无量寿福!

June

第三十四天(星期一)

June:

谢谢你的解释,很受启发。这么说就是练功久了之后,我们就有能力把空气转化成能量滋养自己了?不知道这个转化过程是如何发生的,还是有点神秘。

昨天晚上睡得比较晚,出去按摩了。记得以前按摩师老是说我肩颈处有两大硬块,按到那儿的时候疼痛无比,我一般都求他们手下留情。我想这次进行了冥想练习之后会不会有所改变呢?令我欣喜的是,果真不疼了(只有微疼),哈哈,看来冥想的功效确实不错,真气的力量无穷!

今天打算多站一会儿,进入状态之后就开始自动数呼吸的次数,其他杂念一点都没有。刚闭上眼睛的时候,感觉到左眼有泪水流下来,接着右眼的泪水也顺着脸颊流了下来。我没有去擦,由它去。我能感觉到这些泪水里面没有任何情绪的成分,只是清水而已,可能是帮我洗涤眼睛的?

呼吸数到40下的时候,下丹田开始发热,手心也是,慢慢地热(真)气就开始蔓延全身。数到80下的时候,丹田之火已经熊熊燃烧,全身有点滚烫的感觉。我今天的目标是数到300下。我享受着身体火热的真气,有时去体会一下双手之间的气流,有时去感觉一下肩颈处。都没有特别明显的感觉。这样继续下去,一直到130下左右的时候,发现数字有点数不清了,原来是杂念进来了。想的是今年6月在北京开会我要做的一个主题报告,是有关中国人的"关系"的。我突然觉得脑子一片空白,不知道自己究竟想说些什么,得回头去看一下当时写下来的摘要。这些年不知不觉地已经做了许多"关系"方面的研究,但总觉得还没有挖出其中的复杂和奥妙之处。我放弃杂念,重新转移到数数上,似乎比较容易就回来了。

呼吸到了180下的时候,右边肩颈处开始出现酸痛,好像是昨天按摩时带出来的酸痛感的残留。然后我明显感觉到真气冲向那块地方,热热地灼烧,有轻微的针刺感,一阵一阵的热浪袭击。身体的其他地方如常,只有热气不断涌动。到200下的时候,想到Yang的生日,以及我给他准备的礼物,不禁微笑,想象他收到礼物时的反应……然后我又从"1"开始数,同时想到"人生如初"几个字,仿佛新生命的开始,高兴。

有趣的反应是在240下之后开始的,那时膝盖有些发抖,但是突然间就出现了异常的宁静,身体仿佛"入定",呼吸之气也更无形了。肩头依然酸痛,也能感到有火苗冲上去,全身更热,要冒汗,又好像没渗出来。这种状态一直持续到300下。更有趣的是,就是现在(结束一小时之后),肩头的热气还在,好像围绕着那个痛点做功呢。脑皮层(后半部)也有麻麻的痛感,里面也是热乎乎地被真气充盈。

　　今天双腿弯曲度也较深,站立时两腿居然瑟瑟发抖,膝盖非常疼,好不容易才站直了。踮脚时没有失去平衡。和前几天一样,今天也是在冥想中间打了一个饱嗝,完毕时又打了一个。今天全部冥想时间为85分钟,是我的最长纪录。

　　祝各位一周愉快,无量寿福!

晓萍

第三十五天(星期二)

各位好!

　　昨晚很早就睡了,结果到了凌晨就睡不着了。我想那我就躺着冥想吧。一边冥想,一边思考气究竟是怎样转化成能量的。我深吸深呼,就想我吸进来的是空气,空气里有多种成分,包括氧气、氮气,等等,但是经过我的身体之后,呼出来的部分就只剩下二氧化碳了,那说明空气里的某部分物质被身体加工吸收了。通常我们的常识是气被肺部吸进,其他部分不接受空气。但我现在想,对练功的人来说,不仅肺部可以加工空气,可能胃部也能加工空气,这样的话通过胃的努力,就把一部分空气当成了食物来加工,从而变成了能量。我为自己形成这个理论而高兴,觉得似乎有一定的道理。当然,我没有学过医学,不知道这样的解释有无科学依据,师父有无这方面的信息?

躺着冥想结束时居然就打了一个饱嗝,然后我就起床站桩冥想。预备式的时候,由于困倦,接连打了两个大哈欠,让我忍不住嘲笑自己。闭上眼睛,进入状态,右边的眼睛马上就流出了眼泪,我的脑海里出现"清泪"二字,以及"两行清泪",但是左边的眼睛却完全没有眼泪。我于是面带微笑,开始昨天的方法,数呼吸的次数。今天的目标也是300下。

不知道是否因为已经躺着冥想的缘故,数到 5 下的时候全身就开始发热,真气很快充满。我发现数数的方式很容易防止杂念,一直数到 135 下都没有任何杂念!其中只细细体味身体内部的每一点变化。先是感觉到右手手指发痒,然后有细丝一般的气流在传导,痒得让我想笑。后来左手的手指尖也开始发痒。这在以前从未发生过。两只手臂毫无感觉,不痛不痒,仿佛不存在一般,我就想到"轻如鸿毛"一词,接着就是"羽化"二字,好高兴。大约数到 80 下的时候,全身已经滚烫,356 个能量节点大概都打开了,明显能感到双臂的毛孔都张开了,腿上的也是。在我呼气延长的时候,毛孔好像就会接过去一张一弛地"呼吸",全身始终暖洋洋地让我相当陶醉。

大约数到 160 下的时候,明显有杂念进入,想到的是上次思考的有关"Mindful Leader"的想法,Anne 认为可以把它作为研究课题,但我还没有来得及回复她的邮件。我把杂念去除,继续回到数数上来,到 180 下的时候,听到窗外有小鸟的叫声,好像是两只小鸟。又过了一会,就听到雨点打在屋檐上的声音,心想今天下雨了。我接着数数,到 200 下的时候,雨点的声音更大了,伴随着的还有风的声音。

肩颈处的酸痛感回来大概是在 180 下左右,好像是包裹着真气一起回来的,就像昨天最后结束时的状态。看来攻到这儿,真气需要歇口气接着干。我任酸痛感存在,虽然有点难受,但是觉得坚持就能帮助真气工作。继续数数,时而体会一下手心和手指的气感,时而体会皮肤的呼吸,想到自己有时一口气可以持续一分钟,那是不是说明我的心跳速度也放慢了呢?自己平时一分钟大约有70下心跳,不知道练功之后会不会降低?过几天我就要去体检了,那时可以检验一下。正想着,左眼的眼泪竟然就流下来了。

然后头脑里就想起了音乐,仔细辨认一下好像是周杰伦《兰亭序》中的几句歌词,我也给它配上了马格利特的画,是这样的:

人雁南飞转身一瞥你噙泪
掬一把月手揽回忆怎么睡

我把思绪收回,接着数数。200下之后,又从"1"开始。想到昨天数到240下的时候突然出现的宁静,我就有所期盼,结果完全没有想到的事情发生了。大约在235下的时候,双腿和双手突然出现了轻微的颤动,相当缓慢、稳健,富有节律。我想,老天爷,我已经有多长时间没有颤抖了呀,怎么现在又出现了呢?这样缓慢的颤抖到了260下的时候,速度开始加快,接着就越来越快,耳边突然响起《双节棍》的节奏和歌词:"什么刀枪跟棍棒/我都耍得有模有样/什么兵器最喜欢/双节棍柔中带刚/想要去河南嵩山/学少林跟武当/干什么/干什么/呼吸吐纳自在;干什么/干什么/气沉丹田手心开;干什么/干什么/日行千里系沙袋/飞檐走壁莫奇怪/去去就来。"与我现在的频率算是绝配。这时连我的呼吸也变得越来越快,很快就数到了300下!

我用意念让颤动停止,立刻就停住了,我回到初时的姿势,此时全身已经完全没有疼痛感,手指胀鼓鼓的,充满了真气,手臂又出现了悬浮感,整个身体腰部以上如入虚境,妙不可言。

接着收功,打了一个饱嗝(今天在中间过程中没有出现)。睁开眼睛,窗外已是雨雾茫茫,看一下钟,整整80分钟。

祝各位无量寿福!

晓萍

第三十六天(星期三)

各位好!

昨天临睡前又把《道德经》中的一段话仔细研读了一遍:

人之生也柔弱,其死也坚强。

草木之生也柔脆,其死也枯槁。

故坚强者死之徒,柔弱者生之徒。

> 是以兵强则灭,木强则折。
>
> 强大处下,柔弱处上。

觉得实在是非常有道理,而且与我们平时的常识既吻合又背离,因此可以说是创见,在常识中提炼出违反直觉的真理。一晚都睡得很好,早上一醒就下床冥想。

今天杂念奇少,我发现那个数数法相当有效。今天的目标是240下(我想了一下36的倍数,本来想数360下,但觉得时间太长了,所以就缩减到240下)。进入预备状态的时候,吸了几口气就有饥饿感,我不予理睬,慢慢进入冥想状态。

闭上眼睛的时候没有流泪(可能是因为昨晚睡得好),我只关注呼吸,大概到30下的时候肚子(胃部)开始叽里咕噜地叫,显然是饿的,我想起"饥肠辘辘"这个词,心想昨天一点都不饿啊,今天怎么会呢?然后我就想到我昨天的理论,就是我吸的气进入了胃部,而胃在对它进行加工了,因此才叽里咕噜的。与此同时,我也感受到气进入身体的其他部分,比如明显感觉到气顺着脊椎的两边往下走,背后就热乎乎的。由此可见,冥想的人不仅能用肺部吸气,其他部分也会对气进行加工。就这样继续数数,到76下时,就发现自己打了一个饱嗝!原来在这40多下的呼吸中,胃就把空气转化成了能量,所谓"食气"就是这样发生的。我的饥饿感立刻荡然无存,小腹处似乎咕噜了几声,然后所有内脏都感觉到了淡定,好像很稳当了。

数到80下的时候,几个丹田的真气开始发射,全身变得暖洋洋的了。身上没有一个痛点,状态良好,保持,没有杂念,继续数数,到160下,浑身滚烫,明显感到所有的毛孔全部张开,汗水正轻轻地渗出皮肤,而右边肩颈的那块酸痛又出现了。我心想此地确实要打攻坚战,每天攻克一点,不知到何时才能结束战斗。我故意把手臂抬高,酸痛没有加剧,看来手臂的高度与此无直接关系。

数到 200 下的时候,我发现呼吸的节律更慢了,偶尔也有十分宁静的片刻出现。但同时我也感觉到自己的心跳似乎与呼吸之间没有关系,在我呼出一口气的时候,能感觉到心跳已经跳了好几下。看来我昨天的这个理论经不起检验。但是,我不死心的是,也许时间长了之后,心跳的频率是可以放慢的?

肩头的酸痛一直持续,这时"**坚强者死之徒,柔弱者生之徒**"的话就提醒了我。这一块地方如此坚硬(强),其实是"死"的症状,现在要用气将它重新激活,让它变得"柔弱",是为了使它获得新生。"强大处下,柔弱处上"是多么睿智的语言啊。

240 下到了的时候,我结束冥想,感觉到手心里的真气穿入小腹。一切如常,又打了一个饱嗝。睁眼看时间,已经过去了 70 分钟。右肩突然觉得十分轻松,令我微笑。

无量寿福!

晓萍

第三十七天(星期四)

各位好!

今天一早起来就站桩冥想,为了体验一下在黑暗中冥想的感觉,没有拉开窗帘。一个人在黑漆漆的房间里,闭上眼睛,进入状态。四周是如此寂静,仿佛置身虚无之中。

想到 June 正在诵读的《道德经·第十六章》,也是我特别喜欢的:

> 致虚极,守静笃。
> 万物并作,吾以观复。
> 夫物芸芸,各复归其根。

归根曰静,静曰复命。

复命曰常,知常曰明。

"致虚极,守静笃"是只有练功到一定境界的人才能体会的,我突然觉得自己已有"道中之人"的感觉,读起来极有共鸣(好像内行一样)。

今天照例用了数数法,发现效果奇佳。本来准备数到240下停止,并预测中间会有杂念产生,结果从头数到尾基本上一个杂念都没有!到30下的时候浑身就开始发热,热气一直延续,到90下的时候有汗珠渗出,160下的时候毛孔张开,一切都是那么有规律。我想象师父说的真气转化为能量的过程,但是无法体会。到180下的时候觉得有个饱嗝在酝酿,但是一直没有打出来。我没有理会,只是关注呼吸,全身没有任何疼痛之处,妙极。

慢慢地就到了200下,我又从"1"开始,快到240下的时候,觉得不愿意停止,于是又增加了36下。饱嗝在244下的时候出现,全部数完右肩膀也没有疼痛感,似乎昨天真把那儿打通了。我于是踮脚、顿足,真气沉入气海,收腹、提肛三分钟,搓手完毕。

睁开眼睛时四周依然一片漆黑,走过去看钟,发现已经过了70分钟。

因为没有杂念,所以乏善可陈。不知道这算是我的进步还是退步?

无量寿福!

晓萍

亲爱的晓萍老师:

看到您今天练功基本没有杂念,不胜欣喜,可喜可贺!山上的资深道长告诉过我,修炼主要针对的是杂念,并非气感。能够做到练功中全无杂念,是非常高的境界,您竟然在这样短的时间就做到了,实在是了不起,向您致敬!

June

第三十八天(星期五)

各位好!

看到 June 的鼓励很高兴,看来没有杂念是我进步的表现。

今天照例数数,因为有很多事要做,所以决定数到 180 下就收功。一进入功态,就想到"致虚极,守静笃",感觉到非常平静。40 下时发热,80 下时发汗,无一处疼痛,上半身感觉不到存在,除了呼吸,只有虚无。

数到 110 下时想到"隐形的眼睛",那只随时观察着自己的眼睛,以及马格利特的《伪镜子》(见下),也想到整体意识、良性意识,不由地微笑了。

在147下的时候发生食气现象,汗珠渗出,异常宁静。

180下时准时结束冥想,浑身火热,总共50分钟。

祝大家无量寿福!

晓萍

第三十九天(星期六)

各位好!

感谢大家的鼓励。今天一早就起来站桩冥想。可能是昨天晚上吃了几颗U哈奶糖,还没开始进入状态,脑袋里就响起了周杰伦那首《甜甜的》歌,我觉得与悠哈奶糖是绝配:

> 我轻轻地尝一口你说的爱我
> 还在回味你给过的温柔
> 我轻轻地尝一口这香浓的诱惑
> 我喜欢的样子你都有
> 我轻轻地尝一口你说的爱我
> 舍不得吃会微笑的糖果
> 我轻轻地尝一口分量虽然不多
> 却将你的爱完全吸收

进入状态后,我把歌声从脑袋里驱赶出去,集中在数数上面。今天的目标也是180下。但是杂念好像又回来了一些,只是驻扎不久,所以没有太深的记忆。依然是数到40下时身体的五大能量中心发热,然后就暖洋洋地留在那儿。全身无一处疼痛,感觉虚无,非常想让呼吸也消失,进入完全的静笃状态。

数到80下的时候,全身的热量增加,然后我就想到形而上和形而下的区别。从身体的部位来说,我觉得身和精属于形而下,而心、意、气、神则属于形而上。50岁以后的生命可能更多关注的是形而上的东西,包括心和灵,其他的东西退居其次。

数到164下的时候,发生食气现象。180下时准时收功,60分钟已经过去了。

愿大家和我一起坚持冥想。上士闻道,勤以习之嘛。

无量寿福!

晓萍

第四十天(星期日)

各位好!

今天因为时间紧张,因此我决定数到120下收功。不知何故,开始进入状态之后,两腿自然弯曲的程度比以前要厉害一些,我照例闭上眼睛开始数数。没想到数到17下的时候,突然觉得脑袋发热,这次似乎是上丹田先"发火"了,接着全身的热量开始增加。有趣的是,今天几乎没有杂念,耳边也没有响起任何音乐,只听到窗外汽车驶过的声音,间或有小鸟"说话"的声音。

从40下开始,真气充满全身,一直持续;从80下开始汗珠渗出,而双腿感觉很酸。我就想象自己的双脚如桩一般打在地上,牢不可动。其他的身体部位没有感觉,如入虚无。我又想能否不要呼吸,但是做不到。90下的时候,突然有非常宁静的感觉出现,片刻后淡化。双腿还是很酸。到120下的时候结束冥想,膝盖疼痛,有点颤颤巍巍的,站直后,踮脚时听到骨头调整的声音,同时觉得稳当了许多。食气现象如期发生,总共40分钟。

无量寿福!

晓萍

第四十一天（星期一）

各位好！

今天一早赶飞机，没有时间冥想，但是在转机等待的时候发现居然有三个小时的候机时间，就决定抽一个小时出来站桩冥想。在休息室转了一圈，发现角落里一个人烟比较稀少的地方，就开始了又一个新的冥想旅程。

进入状态稍显困难，因为喇叭里不断有上机的预告，还有一个喇叭里放着轻音乐，不时还能听到旅客坐下来、开包、用电脑的声音。我告诉自己忽略一切杂音，专心数数。今天的目标是180下，从"1"开始，数到36下的时候，头脑明显开始发热，接着其他几个大能量中心（中丹田、下丹田、两个手心）都开始生"气"，身体立刻被热气包围，很舒服。可是不知为什么，右边肩颈处那个老地方又有酸痛感，而且有"如鲠在喉"般的不适。我想起昨天晚上和朋友出去做美容，那个女孩顺带给我按摩了肩和背，可能把肩膀里面的什么东西给"捏"出来了。

数到76下的时候，一个饱嗝上来了。我想是因为今天没有空腹的缘故，而且刚才还喝了一大杯"Pocari Sweat"，肚子里面的东西太多了。想到在飞机上我每一口咀嚼36下，我边上那个人吃完的时候我还没有消灭一半的食物，就禁不住想笑。不过我当时还是很坦然的，空姐也很耐心。到80下，全身大热，开始有细细的汗珠渗出。我继续数数，没有什么杂念，偶尔有一个关于"领导力"的想法飞过，但是已经捕捉不到了。身体越来越热，肩膀那儿"如鲠在喉"的感觉依然，其他部位倒都身轻如燕。

数到116下的时候，又打了一个饱嗝，显然是因为我今天已经吃得太多了。本来还想在休息室吃一碗乌冬面的，看来完全不需要了。继续数数，到160下的时候，鼻子上好像有汗水留下来，流到鼻尖处停留，弄得鼻孔奇痒无比，但又不能动，只能坚持。与此同时，我又去感受了一下那块"如鲠在喉"的地方，好像不那么"鲠"了？真有意思。

180下到来的时候,浑身已经热汗淙淙,必须停止了。我于是结束冥想,食气现象再次出现,我今天绝对是被"气"饱了,呵呵。

祝各位无量寿福!

晓萍

第四十二天(星期二)

各位好!

今天起床很晚,所以一直到下午才找到时间冥想。我让自己站在阳光下,面对蓝天大湖,慢慢进入状态。闭上眼睛,能够感觉到阳光的光束照在自己弯曲的大腿上,一下就晒得发热。我知道等一下阳光会慢慢升上来,一直照到我的胸口和头顶。这是第一次把自己暴露在阳光下练功,可能会有一番新的体会。

还是采用数数的策略,数到5下的时候,身体就开始发热,但是因为有阳光的照耀,分不清热量是从身体内部升起还是由外部射入,也可能是交互作用。突然就想到那个过度合理效应(Over-justification Effect),当外部原因和内部原因同时存在的时候,要给一个行为准确归因就变得困难,在我目前的情况下同样适用。排除杂念,专心数数,到40下的时候身体已经非常温暖,到80下的时候已有汗珠。其他杂念间或飞过,比如下星期要准备做实验的事,有一篇论文需要修改,要开会讨论若干事项……不过我都没有"上船",任其飞走。

数到160下的时候,脑子里突然想起昨天晚上看的电视连续剧《傲骨贤妻》(The Good Wife),剧中的男主角Will Gardner竟然在法庭上被他所要辩护的男孩误杀,真是情何以堪!Will与女主角Alicia的真挚爱情更是让我觉得让Will死去太不公平。他们二人虽然是婚外恋,但是彼此之间的了解和爱慕以及其他的原因,却使得这一段爱情充满美好、真挚、不可多得的感觉。Will一直是单身,他对Alicia的深情旁人皆知,但是几乎人人都劝阻,因为Alicia不仅是律师、母亲,更是州长的妻子。电视剧演绎至此的时候,已是二人分开,甚至有些许反目的时候(Alicia选择离开Will,与其他人创办了自己的律师事务所),虽然二人心中被压抑的感情依然存在。(顺便说一下,他们二人之间的感情表达之含蓄程度绝不亚于任何中国人或其他亚洲人)正是因为如此,现在Will突然遇害,对Alicia的打击,对他所有朋友、战友的打击,甚至对观众的打击都是巨大的。昨天看的时候自己一直都在流泪,觉得需要有一点儿让悲哀释放的时间。而也许正是在这个时刻,Alicia才能明白其实她长期以来全身心爱着的人就是Will。要到Will死去才明白这个道理,我突然觉得那个理性的Alicia真是太愚蠢了。人在生死之间如何穿越啊?在未来没有Will的日子里,Alicia又会怎么生活呢?

正在"船上"的时候,女儿的钢琴声响起来了,把我的思绪拉回到数数上来。能够感觉到右边肩颈的那一块有一点酸痛,没有昨天那种"如鲠在喉"的感觉了,似乎是个进步。而脸上似乎有汗水流下来,流到脖子上,后背上也有汗水沿着脊椎骨流下来,好像是两道。我没有理会,一直坚持数到240下才停下来,那时已是全身大汗。收功,竟然没有打饱嗝。

睁开眼睛,时间已过了一个小时。阳光越来越强烈,房前屋后已是春色满园。好美的春天!

无量寿福!

晓萍

第四十三天（星期三）

各位好！

今天终于回到办公室练功了，感觉十分亲切。窗外大树的枝丫上已经跳上了许多嫩绿色的音符，刚才开车路过 Quad 时，看到樱花依然盛开着，校园里一片春意盎然！

进入冥想状态之后，自然地就开始数数，同时还想着"整体意识、良性意识"。快到 10 下的时候，两个手心就感到十分温暖。今天早上只喝了几口白水，肚子里空空的，似乎有饥饿感。我不加理睬，还是数数。快到 40 下的时候，明显感到头顶发热。昨天晚上好久都没睡着，早上本来还有点晕乎，但冥想时却非常稳当，完全没有晕眩之感。我想到"神满不思睡，气满不思食"，我的神满可能是冥想的结果，可是昨天从头到尾都没有打饱嗝，怪不得要感觉饥饿。

突然想到"当我晚上睡不着时我在想什么？"这个题目。睡不着的时候也是杂念纷飞，想到很多过去的人和事，有些难以忘怀的情绪，还有昨天白天看的一篇论文，是研究 Mindful 和 Mindless 对人的创造力的影响的。作者做了两个实验对 Mindful 和 Mindless 进行了操纵，结果发现只有在 Mindful 的情境下清空大脑的被试更有创意。另外一篇论文研究人的行骗（不道德）行为，发现越到游戏的最后阶段，人们越可能行骗，原因是生怕失去最后的行骗机会自己以后会后悔。然后想到自己的生活状态，总觉得对一切都很满意，有一种由衷的幸福感。

数到 72 下的时候，突然打了一个饱嗝，然后全身一下变得很热，好像能量从身体的底部升起来了。同时也能感到热气从脖子那儿冒出来，闻到淡淡的香水味。两只手臂几乎没有感觉，时而有手指相碰，我把手的距离调整一下，全身一动不动，杂念好像也消失了。

到 110 下左右时,日光灯轻声嗡鸣了三次,然后自动熄灭。我知道半个小时过去了。今天的目标是 240 下,我沉浸其中,慢慢地呼吸,吸、静、呼、松,到 160 下时,右边肩颈处的酸痛感又出现了。我稍微调整了一下手臂的高度,好像并不影响酸痛的程度,我用意念关注了一下那个地方,然后转到"整体意识"。又过了一会儿,我想到自己好久没有体会手指间的气流了,就把意念转向两只手,准备"玩气"。想象气流从一个手心转到另一个手心,果然发生了,指尖还有麻麻的感觉。然后我又想象气流从头顶涌向后脑,再沿着脊椎慢慢流下去,果然感到背后的温热。知道"玩气"不好,我自嘲了一下,就让自己停止了。数到 220 下的时候,再去感觉右边的肩,却已经没有酸痛感了,禁不住微笑。

数到 240 下结束冥想的时候,时间已经过去了 65 分钟,食气现象又出现了,饥饿感全无。"气满不思食"是相当美好的状态,明天我所期盼的辟谷日又要到来了,呵呵。

无量寿福!

晓萍

第四十四天(星期四)

各位好!

今天是我的辟谷日,早上起来觉得有点渴,看到刚刚做好的新鲜豆浆,就忍不住喝了一口。到站桩冥想时才想起来那可能算是沾了烟火的;但仔细再想,又觉得不是,有点不定感。

今天热得很慢,属于慢热的一天;而且后来还出现了全新的感觉,使我再一次感到每一天的练功都是一段新旅程的开始。

刚进入状态时杂念还是挺多的,先想到昨天看的那篇有关人在游戏的最后阶段特别容易行骗的论文,就突然联想到当年中国的"储时健现象",那个红塔山香烟厂的老总在临退休前大捞一把被囚禁,后来形成了对"59岁现象"的大讨论。在某种意义上,这篇论文在实验室里演示了该现象,并且将心理机制揭示了出来(就是生怕最后不捞一把留下遗憾),挺有意思的。但再想一想,如果真的从生命的发展阶段来考虑的话,难道不是人到了后面的阶段,更应该考虑自己的名誉,更要珍惜自己的羽毛吗?有必要为了经济上的补偿而损失自己的名誉吗?我觉得这可能是实验室与真实世界的不同之处了。如果要在现实世界中研究这个现象,恐怕得考虑更多的因素,包括个体的价值取向、行骗被发现的概率大小,以及人生的发展阶段,等等。也许值得做一个新的研究来找出边界条件。

慢热的原因不明,从数数来看,一直到50下之后才有一点温暖的感觉,不过整个过程中人一直感到特别的安静。四周也是一片静谧,只有闹钟滴滴答答的声音。到85下的时候居然发生了食气现象,让我颇为欣喜。之后到195下的时候又打了饱嗝,与此同时,听到小腹部位不断有蠕动的声音,从195下开始一直到215下,每呼吸一次,就有叽里咕噜的声音,但不是从胃部而是从腹部发出的。我想是不是因为真气在穿行的原因,而真气填满腹部的时候,就更容易发生食气现象?还没有想明白。

有意思的是,从201下开始,能明显感到新的疼痛点,一块是右边的肩胛骨,靠脊椎那侧的,还有一块是左边的肩胛骨,也是靠脊椎那侧的。右边的那一溜好像是沿着那块肩颈的地方直接连下来的,左边的疼痛程度不如右边。呼吸的时候,能够明显感到真气从头顶往下走,整个背部发热,肩胛骨那儿亦如此,只是有疼痛感。数到240下的时候,本来计划要结束的,但是因为出现了新的感觉,就决定持续一会儿,让自己对两处新的痛点感知得更真切一些。等到确定了部位并感到真气在那儿做功之后,我才收功,这样就给明天留下了一点悬念。

冥想结束时,食气现象照旧发生。现在发现脚部更稳当了,踮脚时没有失衡的感觉,进步了。看一下钟,已经过了75分钟。

无量寿福!

晓萍

第四十五天(星期五)

大家好!

今天一早到学校,打开办公室的门,就看见里面已经充满了阳光,我脱掉高跟鞋,让自己沐浴在阳光之下,开始冥想。

今天打算改变一下策略,所以就不再数数,看看杂念会有多少。果然立刻就飞过来了。第一个想到的就是"上士闻道,勤以习之;中士闻道,若存若亡;下士闻道,大笑之,不笑不足以为道"。我就想,我们这些人中哪些是上士,哪些是中士,我确定我们之中肯定没有下士。想了一下,觉得我自己、Anne、Yang 和 Lian,属于上士一类,因为我们自从闻道之后,就基本上天天练习;Ming 和 Li 属于中士,因为他们现在一周只练两三次,已经若存若亡;Jon 已经好久没有汇报了,不知道他和 Jessica 的情况,无法给他们归类。想到"下士闻道,大笑之",我禁不住想笑;人与人确实可以如此不同啊。

因为在阳光之下,身体热得很快,不到 20 分钟汗水就已经开始渗出了,有一粒汗珠沿着脸颊流到耳朵上,感觉像有个小虫子在耳朵上爬,奇痒无比,但我不能动弹,只能尽量转移注意力。但是,杂念又飞过来了,想到自己有四篇论文需要修改,一篇研究"建言"的已经差不多了,另外三篇还没有开始,需要做一个计划。另外,今年还打算出两本书,一本是对《跨文化管理》的修订,另一本是《企业家访谈录》,也需要时间整理和写作。真希望有个学术假,可以专心写作。越想越多,今年五月(悉尼)、六月(香港、北京)、八月(斯德哥尔摩)好几个学术会上都需要做主题发言,每一篇都必须是不同的论文,而且是全新的,现在也需要马上准备。有很多挑战等着我呢!

　　日光灯开始嗡鸣的时候,我的思绪被收了回来。感觉一下自己的身体,发现感觉不到手臂的存在,而且昨天肩胛骨疼痛的地方好像也没有明显的感觉了。突然觉得自己可以"入定",只是呼吸存在,妨碍了完全的安静。有趣的是,大约40分钟的时候,胃部发出蠕动的声音,立刻觉得非常饿。想想昨天一天才喝了一杯牛油果果汁,吃了几片白萝卜、三颗草莓、一只生梨,今天饿也是正常的。更有趣的是,五分钟之后,好像是丹田中的真气运动了,竟然就打了一个饱嗝,把饥饿感完全驱除了。我想到"食补不如气补"的话,禁不住微笑了。

　　大约一个小时的时候,我决定结束冥想,没有再打饱嗝,但是也不再有饥饿感,感觉很妙。

　　无量寿福!

晓萍

第四十六天(星期六)

各位好!

　　今天一起床就冥想,很快进入状态。还是决定不数数,通过身体的反应来判断时间。

　　前几分钟没有杂念,我很高兴,面带微笑。可能是昨天晚上吃得太多,刚进入状态就打了两个饱嗝。我心想这肯定与"食气"无关,因为我还没开始呢。然后思绪就开始飘起来了,想到昨天与师父和 June 的谈话,还是与 Mindful Leadership 有关的问题。我觉得特别有意思的就是我之前在练功时悟出来的三层意思，其实在道学中早有一个字来总结，那就是"观"，只是在不同的层次，"观"的对象不同而已。

第一层"心在焉"观的是物和他人，第二层长了"隐形的眼睛"跳出来是观自己，第三层"拉开距离"观的是自己在宇宙中的位置以及自我与他人的关系。其实"观"的最后一层是自己的行动，即自己正在发生的一言一行。我觉得这个"观"字实在是太妙了，难怪道家的修炼场所叫"道观"，而不是庙，原来就是"以道观之"的意思。

然后我又想起前些年我去苏州的观前街，那儿有苏州最大的道观，当时进去观了一下，作为游客，不由自主地被要求排队拿签，然后有个道士就问我的属相，我说属兔，他当时就说我34岁，少说了一轮（可能我看上去比较年轻），我立刻就对他失去了信任感。一圈走下来，发现该道观的主要目的是让游客买香和蜡烛或捐赠，说是如此可以消灾祛病，让我直感叹道学的堕落。再加上看到原先用小石头砌就的观前街已经变成了柏油马路，更是感叹道路不古，异常失望。

这个思绪稍微飘得远了一点，然后就感到手心和身体开始发热，我估计大约20分钟过去了，此时又打了一个饱嗝。杂念继续，还是回到"道"的含义。因为《道德经》的开篇就说"道可道，非常道"，所以我怕这个"道"总是无法说清。但是说不清的东西是不能做科学研究的，因此就是再模糊，也得尽量说清楚才行。就像我以前感觉很模糊的"隐形的眼睛"的体验，现在用一个"观"字就可以说得很清楚一样。因此，对于"道"，应该用同样的逻辑。

好在师父经过多年的思考对道也能清晰解读。用《道德经》第十六章的语言，就是在"致虚极，守静笃"的状态时达到的：

> 知常容，容乃公，公乃全，全乃天，天乃道，道乃久，没身不殆。总共

就是四个字：容、公、全、天。

"容"的意思是包容、容纳，也即无条件地接受。面对事物，不管美丑好坏，全部容纳。"公"的意思是客观中性地对待每一个人、每一件事，不偏不倚，无分别地对待。"全"就是整体意识，可以看见事物的全部面目，而不是只看一点不及其余。"天"的意思是掌握了事物或万物的发展规律，在做事的时候能顺应客观规律，而不是自己个人的七情六欲。这四点之间互相关联、依次递进，全部拥有的时候，就是到达了"道"的境界。而拥有了"道"的境界的领导者，就会更谦逊、更有情商、更有远见。

在"道"上走了一遍之后，我突然感到身体剧热，要出汗。与此同时，前天右边肩胛骨那个地方的疼痛又出现了，明显感到真气蔓延到那儿，发热，停留。又呼吸，又感到真气的流动。本来想一直这样坚持下去，但一想到今天下午还要去主持一个大会，就只能在大约一个小时的时候收功，准备明天再"观"那块肩胛骨的状况。

冥想结束时一切如常，食气现象如期出现。全部完毕时还打了一个大哈欠，让我不禁大笑。

祝各位周末愉快，无量寿福！

晓萍

第四十七天（星期日）

各位好！

今天也是一早起来就站桩，完全没有数数，自由冥想，总共 70 分钟，食气现象在结束时发生。

进入状态前，不知为什么脑子里就出现了几件必须要做的事情，把它们抛开稍微花了一点时间。然后昨天下午开会的情景就出现了。大约有 400

多人的大会,是华盛顿大学第一届中国学生创业计划大赛的决赛。前几轮筛选下来,最后剩下六名进行决赛。我主持的环节是两名资深的创业者(都是华人,而且都是清华大学毕业的)分享他们的创业经验,而我自己则分享了几年前做的一个关于创业者激情的研究,非常有意思。我还有一个后续研究,结果也很有意思,但是一直没有时间把它写出来。看到在美国那么多朝气蓬勃的年轻中国学生跃跃欲试、向往创业,再想到在中国那么多优秀学生都去考公务员的情况,心情比较复杂。

身体开始发热的时候,我估计已经过去20分钟了。脑海里随即飘过Mindful、道和领导有效性三者关系的模型。其实现在看来,Mindful用一个字就可以概括,那就是"观",观物、观人、观己、观己与众生的关系。因此,说到底,就是观、道和领导力的关系,这可能是从道学出发研究领导力最好的视角了。然后又想到师父说的七天闭关,关闭眼、耳、舌、鼻、身的全部感官,专注于反省,会发生剧烈的"内在爆破",非常向往。Anne马上要进行五日闭关了,不知道出来之后会有何种体验和觉悟。

再飘过来的思绪就是对50岁时人生重新开始的想法。此时,家庭、事业、生活都已相当稳定,是可以拥有最大身心自由的时候,可以想干什么就干什么,不受任何羁绊。随心所欲的日子从此开始,多么美好的生活境界。加上现在又有了"得道"的感觉,实在是妙不可言。耳边响起两句歌声,"载着你仿佛载着阳光,不管到哪里都是晴天"。心中有道就有阳光,必定每日都是晴天啊。

身体突然就有剧热的感觉,大约40分钟过去了,头脑明显发热,中丹田也有热气涌出,皮肤的毛孔渐渐张开,有略微"胎息"的体验,没有出汗。感觉一下右边肩部,略有泛泛的酸感,但不痛,两只手臂基本上无感觉,很"安详"。我就保持该状态大约25分钟后收功。

"载着你仿佛载着阳光,不管到哪里都是晴天"的歌声又回来了,使我情不自禁地微笑了。

祝各位无量寿福!

晓萍

第四十八天(星期一)

各位好!

早上送 Yang 去机场之后,就来到办公室,办公室里已是满屋阳光。我把自己沐浴在阳光之下,开始练功。

我现在已经养成了习惯,冥想之前不看邮件,因此很容易进入状态。先想一遍"头正、身直、舌顶上颚、面带微笑、微微提肛",然后想一下"整体意识、良性意识、颤抖意识",调整呼吸,就开始自然冥想。15分钟左右身体发热,那时有一个杂念飞过,是昨天吃饭时谈到今年暑假的安排。贝贝说她想去西藏,我们于是讨论去的方法、时间,等等。我想起 June 和 Anne 都去过西藏,可能得向他们讨教一下。从我自己的时间表来看,也许7月中旬是比较合适的。西藏是一处圣地,其实我也想去很久了,这个愿望也许今年就可以实现了。

听到日光灯嗡鸣的时候,身体已经很热了,而且特别有意思的是,整个身体感觉非常轻松,一点疼痛之处都没有,完全是"身轻如燕、轻如鸿毛"的感觉,妙极。今天没有数呼吸,所以呼吸好像也很自然,无声无息。正这样想着的时候,有一个杂念飞过来了。突然想到昨天晚上临睡前看的一篇采访报告,采访的是一家企业的老总,采访者是清华大学的一个老师,没想到这位老总如此狂妄,把中国地产界的名人都"骂"了一遍,让我大笑;心想此人一定得上山闭关7天才行。一个人成功的时候真的可以自我膨胀到如此地步，实在是既可爱又可笑。

之后的时间杂念基本消失，所有的注意力都在身体上。45 分钟之后，右边肩颈处又出现泛泛的酸胀感，真气在那儿做功，热乎乎地；手指间的气流也有明显的感觉。60 分钟时，我决定结束，因为 30 分钟后还要接受一个采访。食气现象如期发生。

睁开眼睛，窗外蓝天白云，春光明媚。

无量寿福！

晓萍

第四十九天（星期二）

各位好！

今天起床之前躺着冥想了一会，后来站桩时明显热得快。大约五分钟左右，两手的手心就开始发热，然后头脑发热，接着中丹田和下丹田也开始热了。暖洋洋的感觉很好，而且腹式呼吸也非常自然，杂念间或飞过，但基本都没有停留。

大约 15 分钟的时候，身体已经很热了；到 30 分钟时，明显感到全身的毛孔张开，皮肤似乎也开始呼吸了。我想体会一下"胎息"的感觉，但是无法停止腹式呼吸，否则气就憋住了。顺其自然，我什么也不想，静静体会自己的身体，特别妙的事情就这样发生了。

除了呼吸和脚底与地面的接触，我基本上感觉不到身体的存在，所有的部位仿佛都悬浮在空气之中，无重无量。我脑海里立刻出现"**致虚极，守静笃**"这几个字，默念了几遍之后，又试图继续下去："**致虚极，守静笃，万物并作，吾以观复。夫物芸芸，各复归其根。归根曰静，静曰复命。复命曰常，知常曰明。**"仿佛对这些句子有了更深刻的体会。好宁静美好的时刻啊！

我似乎入定,想看一看能够持续多久,并且到45分钟的时候右边的肩颈是否又会出现酸胀感。就这样妙不可言地持续着,到45分钟的时候竟然打了一个饱嗝,但酸胀感没有出现。此时飞过一个杂念,就是这两天我们在评选杰出管理贡献奖的企业家,有两个提名,一个是前招商银行行长马蔚华,另一个是工商银行行长姜建清,因为我对姜不甚了解,当然倾向于马,而且去年我采访过他,确实觉得他特别配得这个奖,他花了20年时间把招商银行从一个偏安一隅的地方小银行做到全国第五大商业银行,其中的智慧不是一般人可以达到的。相对来说,工商银行虽然是全世界最大的银行,但是它本来就是个国有企业,而且从我自身的体验来说,其服务质量离优秀还差得太远。我应该投马的票吗?

大约60分钟的时候,我准备结束;其实我还想持续下去(因为感觉实在太妙了),但因为要送女儿去和同学见面,只能停止。踮脚时,感觉特别地稳,是自冥想以来最稳的一次,仿佛自己可以控制了,好开心。我期待明天冥想时分的到来。

无量寿福!

晓萍

恭喜晓萍老师冥想中又有了新的体验。修炼本身就是一步一证,真实不虚的。只要坚持练习,每个人或早或迟都会体会到。胎息也是修炼到某种境界的自然展现。有位道长告诉我,事实上达到胎息的人,起初通常意识不到自己的鼻呼鼻吸已经停止,因为一切都是自然而然发生的。师父也强调过,练功中要做到勿忘勿助,只要做到一个"观"字就好,其他顺其自然,所以不要有意憋气。

另外很高兴看到Anne在冥想中开始感觉到身体发热,这是非常好的现象。其实,您所提到的感觉整个身体很沉重,本身也是一个好现象。因为只有在冥想状态中,才能帮助我们觉察到潜在的身体问题,一旦真气充盈,就会自动气冲病灶,待经络通畅以后,病症就会自然消失。坚持练习吧,一切都会慢慢好起来的!

无量寿福!

June

第五十天(星期三)

各位好!

今天一清早就阳光灿烂,起床后面对春暖花开的大湖,就开始冥想。

清理了一下头脑之后,进入状态,慢慢感知身体的反应。阳台上的玻璃结了一层白霜,可能外面比较冷,大约过了15分钟才感到身体慢慢发热。今天可能有点急于体会昨天的悬浮状态,总觉得心静不下来,而且身体虽然不痛不痒,却始终没有达到悬浮状。

在这个过程中,我想了很多遍师父说的"不拒不迎",然后扩展开去,又想到很多与"不"字相关的成语,比如不悲不喜,不舍不弃,不即不离,还有不三不四,不仁不义,因为后面两个是负面的,与"良性意识"不符,所以我就不想了。接着就有杂念飞过来了,想到昨天晚上给女儿读的中文文章,突然意识到其实成人后天培养的"另一只眼睛"在儿童成长早期就已经存在了,我在这里稍微说明一下。

贝贝(大女儿)和姗姗(小女儿)从小就学中文,每个周末都去中文学校上学。可是因为周末的活动太多,有时时间排不过来,因此,从去年秋天开始,我们就决定不去中文学校了,而是在家自学中文,当然我就需要承担家庭教师的责任了。一开始还能坚持,后来就坚持不住了。一方面是我认为现在的课本内容没有太大意思,很多小文章都是八股文的写法,用词空洞抽象;另一方面我觉得课文中选用的故事在道德导向上存在一些问题,比如

"东郭先生与狼"。与此同时,我又觉得自己没有尽到责任,因为她们是喜欢学中文的,贝贝到了大学还自己选修中文课呢。所以一直很纠结。最近我突然想,为什么我不把自己写的中文文章作为教材来用呢?尤其是那些我写她们俩小时候的故事,应该会让姗姗感兴趣的。昨天我选了一篇在贝贝两岁时我写她的文章,她在玩玩具的时候如何充满想象力地编织有故事的游戏,又如何在临睡前躺在小床上自言自语地"回忆"自己白天做过的事的情景。特别有趣的一段是讲她喜欢听我读书给她听,每次听到特别好笑的地方时,总是要停下来先大笑一阵,然后说:"妈妈,看贝贝在笑!"那时她尚未形成"我"这个概念,看自己就像一个旁观者一样。我突然想到其实这只"隐形的眼睛"人类从小就有,只是后来在发展了"自我"这个概念后,才被融进自我之中而消失的。因此,回归到儿童的混沌和纯粹状态,这只眼睛就会重新出现。返璞归真原来还有此意呢!

思绪还没有收回,就想到这么一转眼贝贝就要大学毕业了,下个月我们要去参加她的毕业典礼,然后她休整一下就准备去纽约上班了。前天我的一位同事借给我一本书看,书名是 *Young Money*,显然是相对于"Old Money"起的。写的就是那些刚从大学毕业去华尔街工作的年轻人的生活,基本上是每天 16 个小时的工作时间,周末也不得休息,而且还得像医生一样随叫随到。我不禁为贝贝担心,在那个竞争激烈的世界里如何平衡工作和生活对她可真是一个严峻的考验啊。

大约 30 分钟的时候,一个饱嗝上来了,身体也一下热了很多,几个丹田的火炉开始燃烧了。从 50 分钟开始,感觉到熊熊燃烧的味道,有很多汗水在酝酿但没有流出来。同时也感到有饱嗝在酝酿,但也没有打出来。我觉得今天的呼吸不是太好,好像阻碍了我想要达到的虚极静笃的状态。于是我又想到《道德经》第十六章的内容,昨天临睡前又好好读了一遍,突然参透了整个意思。原来只要把这一章读透,就可以看到生死之间的转换。"没身不殆",对于得道的人来说,就是身体死去,灵魂亦存,因此生死无界。

今天总共75分钟,结束时还是觉得身体很稳当,好像已经比较牢固了,可喜!

祝各位无量寿福!

晓萍

第五十一天(星期四)

各位好!

今天一清早就被啄木鸟从美梦中吵醒。我家的房子有三个壁炉,相对应的就有三个烟囱,其中一个在二楼的卧室上面(就是我睡的那一间)。那只啄木鸟平时就在我们这个小区飞来飞去,今天又轮到啄我们家的烟囱了。因为烟囱的外部包了一层铁皮,所以被啄的时候,声音大得吓人,而且是一串一串的。我不愿意爬起来驱逐它,希望它自己飞走,可是过了五分钟的样子,啄烟囱的声音又响了起来。而且更令人沮丧的是,好像又飞来了一只啄木鸟,开始啄楼下的那个烟囱,声音感觉远一些。看来两只啄木鸟要开始"对歌"了,我于是决定起床冥想。

又是一个阳光明媚的早晨,想到院子里各种颜色的茶花正在怒放,不禁微笑。昨天剪了一大把插在花瓶里,使房间增色不少。

进入状态之后大约10分钟,真气就开始涌动,浑身热乎乎的,而且那时竟然就打了一个饱嗝。今天是我的辟谷日,心想这可是个好兆头,我肯定不会感到饿了。其实昨天冥想结束之后就一直不想吃东西,连牛油果果汁也不想喝,到中午的时候才去泡了一杯茶,是今年明前的龙井,清香怡人。头脑里似乎也没有什么杂念,脑子里过了一遍今天晚上要烧的菜(虽然我自己不吃,但要做给家人吃):红烧牛肉、番茄炒蛋、花菜、青菜、凉拌莴笋、牛肉粉丝汤。嗯，很美味啊。但是"食补不如气补"呀，我不吃也不饿的状态难道不是更妙？于是我突然想到，我可不可以自己来一次"两日辟谷"，或者"一周辟谷"？June，请问一下师父，并告诉我有哪些注意事项，我非常想尝试一下。

到30分钟左右的时候，全身已经非常热了，当我想去感觉真气流动的时候，立刻就能用意念带着真气在身体里行走，感觉上丹田的气从后脑沿着脊椎两侧行走下去，脖子后部和背部立刻就热气滚滚了。全身感觉轻松，但是总觉得呼吸比较碍事，防止我进入异常宁静的状态。到40分钟的时候，又打了一个饱嗝。我现在知道饱嗝不是胃对空气加工的结果，但是也不能体会到它是真气上升到胃里以后对胃进行填充的结果。

我不去想，脑子里却出现了昨晚的梦境，好像是我和两位朋友站在一个游泳池边上，正在讨论为什么有一位妙龄少女坐在一条小船上用很性感的姿态吸引别人的注意。然后就看到有两位男士竞相跳入水里（衣服也没有脱）去吸引少女的目光。啄木鸟的声音就是那时响起来的。后来又想到前天的一个梦，那个梦里也有水，是我和姗姗在一个非常安静的公园里行走，路的左边有一个水波不兴的池塘，可以清晰地看见水中的倒影。后来我们对面走来一位中年妇女，相逢时，要我们给她让路。我们靠边了一下，我对姗姗说，如果那个水塘里有一头大象在饮水的话，我们就给它照相，而且可以照到它在水中的倒影。姗姗不置可否，我们继续往前走，然后我突然就看见前面另一个小池塘里面真的站着一头小象在那儿喝水，连同完整的倒影，让我非常开心。

再继续下去的时候，右边肩颈的老地方开始出现遥远而模糊的酸胀感，我能感觉到手臂上的毛孔已经全部张开，但肩头上的酸胀感一直没有消失。其实，在我练功之前，肩颈的紧张和疼痛是我身体最大的问题，久治不愈。但是练功之后一个星期，那种紧张和疼痛就已不再了，那可以说是练功最大的收获之一，而且见效之快，令我自己都十分惊讶。现在的酸胀感是对隐藏最深的疾患的攻克,如果哪一天我站桩一个半小时肩颈都不再有感觉的话,大概就算是彻底痊愈了。

想到这里,我又有一个问题,那就是一次冥想时间的长短。是越长越好呢,还是有一个最佳的时间,比如60分钟、70分钟、80分钟、90分钟,然后休息一下再用其他方式冥想?

大约60分钟的时候,我听到远处割草机的声音响了起来。突然想到我的邻居们,几乎每一家都有强烈的宗教信仰,虽然各自的宗教不同。有一次大家在一起吃饭的时候,有一个邻居抱怨说为什么有的人家里会在星期日早上割草,噪音那么大,破坏了礼拜日早上应有的宁静。对我这个没有宗教信仰的人来说,这个问题从来都没有出现过,但现在听到割草机的声音,我能够体会我那个邻居的心情了。

今天总共冥想75分钟,结束时食气照旧。

祝大家无量寿福!

晓萍

晓萍老师:

我就您的问题请教了师父。师父回复说,您可以按照道家"一日排毒法"的形式(即您目前采用的方法),将其延长到两日或者更长时间,但注意两点:第一,不是全天不吃任何东西,除非自然感觉身体不想吃;第二,自然实现辟谷时,如果身体不想吃,也不要勉强自己。有的人可以自然辟谷达数月之久,一切顺其自然就好。至于冥想时间,则是越长越好,无论站桩还是静坐,达到两个小时以上,感受会非常不同的。

无量寿福!

June

第五十二天（星期五）

June：

谢谢师父的指导，原来是这样，我这个星期天的目标是冥想两小时，看看会有什么反应。

昨晚一口气睡了10个小时，结果留给早上冥想的时间就不多了。不过今天整个过程很紧凑，感觉很好。

一进入状态，就情不自禁地开始数数，我想停止，但又想就顺其自然吧。于是一边数数一边默念"整体意识、良性意识、颤抖意识"，发现杂念几乎没有出现。大约20下左右身体渐渐发热，但这一次却是膝盖部位先热起来的，然后才是手心，很有意思。

接着数数，到40下左右热气均匀，不温不火，然后听到胃部的嗡鸣，有气在里面穿梭。昨天辟谷很简单，一天没有吃饭，喝了两杯饮品（一杯牛油果果汁，一瓶Odwalla），吃了半个哈密瓜、一个生梨。晚上觉得胃胀鼓鼓的，很饱。

数到90下时打了一个饱嗝，身体极热，毛孔张开。今天的宁静程度远胜于前两天，而且全身没有一处疼痛。数到210下时又打了一个嗝，耳边突然响起姗姗这两天弹的钢琴曲的旋律，是巴赫的《托卡塔》，有来自天堂之音的感觉，非常空灵。

到218下时结束，总共45分钟的时间。

今天开了一天的会，很紧张。下午去医院进行每年一次的例行体检，结果令我的医生震惊，因为我原来有两项指标不合标准，其中有一项已经数年超标，但这一次却是全部正常，而且都在最佳范围之内。她一进门就说要给我几颗大星星，然后问我是怎么回事，我就把我的秘诀告诉了她，那当然就是冥想啦。她一听就两眼放光，立刻要我教她，因为她亲眼看见了我的科学指标的变化。结果今天体检有一半时间是我在教她站桩冥想的练法。

太开心了！能遇到大家是我的福分！

无量寿福！

晓萍

第五十三天（星期六）

大家好！

今天一早送姗姗去 SYSO 排练，之后我就熟门熟路地来到剧场冥想。

还没进入状态，就明显觉得今天的肚子太饱了，因为昨天晚上吃得太猛了一点。前天辟谷，昨天整个白天也才喝了一瓶 Odwalla，所以晚上吃到自己烧的菜的时候觉得美味无比，就禁不住多吃了（我吃的时候就知道超过了胃的需要），虽然还是咀嚼了 36 下。后来看了一会电视（《丑闻》（*Scandal*），绝对精彩），边看又边嗑了一些酱油瓜子，还喝了一杯蜂蜜柠檬水，结果食量过度，咎由自取。

在今天冥想的过程中，肚子里气的流动就变成了一个主题。从一开始在胃部，到后来慢慢下移到腹部，都有明显的感觉。数数也顺其自然，我心想今天干脆数到 360 下吧，看看有何新的体验。我没有特意深呼吸，保持比较平常的呼吸状态，感觉比较轻松，心情也非常平静。

杂念间或飞过，其实昨天是有一个令人震惊的消息的，作为系主任，我得立即采取行动。心里有一点想法，但不知道最后的结果会如何，令人伤脑筋。然而此事目前还得保密，我准备星期一去找几个人谈一谈。另外还有一封邮件也令人头疼，是与组织行为与人类决策过程有关的，我也准备星期一找写邮件的老师谈一谈。另外想到的是两个宝贝女儿今天也都很忙，一个在考 GMAT，一个要竞考乐队中首席小提琴手的位置。祝愿她们都表现良好。

与往常相似,数到50下的时候,身体渐渐发热,这次是头脑先热的。到90下的时候,全身都沐浴在真气之中。肚子(从胃部到腹部)不断发出声音,而且老是觉得要打饱嗝,但就是没有打出来,一直到205下的时候才打出来。其余的过程乏善可陈,直到330下的时候,肩颈那块老地方开始出现极清晰的痛感,然后就有真气灼烧的热痛感觉,这种感觉一直持续到冥想完毕,仿佛真气还在运作。我在360下的时候结束,膝盖有点发抖发疼,但跐脚完毕后消失,食气现象如期发生,总共85分钟。

祝无量寿福!

晓萍

第五十四天(星期日)

各位早上好!

首先向大家报告一个好消息,今天我顺利完成了两个小时的站桩冥想!80分钟以后的感觉确实不同,听我细细道来。

清早起来向外一望,就看见阳光灿烂,碧蓝的天空和大湖尽收眼底,桃红柳绿,一派春暖花开的景象。我让自己进入状态,心想今天的目标是两个小时,现在只是万里长征开始的第一步,我不要数数,就让身体自己慢慢感知吧。闭上眼睛,周围异常安静,只听到小鸟叽叽喳喳的叫声,而且能分辨出好像是大鸟在对刚出壳的小鸟讲话,那些小鸟的声音显然比较稚嫩,还不圆润。我家院子里的树上曾经都有鸟窝。就在小区这一片地方,恐怕有十几种鸟,比如知更鸟、蓝鸟,我经常看见大鸟带着四五只小鸟在院子里觅食,很是可爱。其他还有啄木鸟,有时也看见乌鸦在飞。除了鸟,还有其他动物经常光顾,比如野兔,昨天就看到一只,一见我,就撒腿猛跑。另外就是那些梅花鹿了,常常是一家人一起出发。只有小鹿身上才有梅花点点。这些鹿是我家院子里所有非乔木类花朵的克星,比如我们种的郁金香,常常是一开花就被它们发现,然后就吃掉了,最后连叶子也没有了。我每次都觉得痛心,但对鹿又有同情心,因为是我们(人类)侵占了它们原先的生存环境,让它们只能靠吃花为生。

  大约15分钟的时候,身体渐渐发热,在这个阶段,全身无一处疼痛,心情也很平静。我一直默念"整体意识、良性意识、颤抖意识",慢慢地念,以驱逐杂念的产生。但一不小心,杂念还是挤进来了。我想到那只"隐形的眼睛",想到人的欲望和追求,无非是"名、利、宠"。我觉得自己对"利"最没有感觉,对"名"次之,但是对"宠"可能看重一些。这里的"宠"主要是指得到他人的赞许和爱戴,包括爱情、友情,等等。再仔细挖掘,我其实对大众的"宠"无所谓,但是对自己亲近、器重的人的爱和情,就很在乎了。突然想到昨晚的一个梦境,是自己在爬一座高山,坡度很陡,而且看不到顶在哪儿,几乎一步一挪,好几次想放弃让自己随坡滚下去,但仿佛又有人在鼓励我坚持,然后就爬了最后一步(已经精疲力竭),突然整座山就像一块木板一样翻过来了,看见自己已坐在顶端,下去时像滑滑梯一样滑下去就行。梦到这里就醒了。

  到45分钟左右,身体已经剧热,整个背部有熊熊燃烧的感觉,右肩部亦有灼烧之感。我那时想,如果现在谁来触摸我的身体,肯定会觉得滚烫。然后就突然想到昨天下午打坐冥想时的异常感受。昨天下午有点困倦,我就想打坐30分钟(好久没练了)。盘腿坐下来之后很快进入状态,腹式呼吸深长匀缓,我以为30分钟很容易就打发了。没想到过了20分钟左右,右肩就开始痛,然后整个右边的背部靠脊椎的那一侧就感到疼痛,从肩部到腰部那一段一直痛,让我有点坐立不安。我告诉自己坚持,一直数到呼吸的180下才停止,发现50分钟过去了。但觉得很疲惫,结束之后躺下竟然差点昏睡过去。这是我自冥想以来从未发生过的现象,是不是说明真气开始攻克更深层身体不通的地方了？

  45分钟至90分钟之间,整个右肩和右背靠脊椎那边的地方一直都在酸痛。更离谱的是,左上臂有一个部位也出现疼痛并一直持续,这几块地方的疼因此就变成一个常数伴随着我,我想,我现在能够与疼痛和平共处了。整个背部一直火热,能够感觉到真气在里面做功,而且汗水也出来了,明显感到有一粒汗珠沿着右边身体的腰际线慢慢流下去。

  在前面这些时间里,总共出现过三次食气现象,一次是开始没多久,一次大概在30分钟左右,还有一次在70分钟左右。这样一直保持姿势大概到110分钟的时候,两个膝盖里面突然有什么东西钻出来,觉得剧痛,再加上肩部、后背和左上臂的痛,我觉得有点难以坚持了。我告诉自己已经胜利在望,再痛也可以挺住的。这么想着的时候,膝盖的疼痛果然减弱了很多,好像又可以一直站下去了。

  120分钟的时候,我准时结束,打了两个饱嗝、一个哈欠。睁开眼睛时,阳台玻璃上的白气已经消失,整个湖光山色近在眼前,多美的星期天啊！

  祝各位无量寿福！

晓萍

晓萍老师：

  祝贺您！站桩两个小时已经是专业水准了哦,您真是太棒了！

  无量寿福！

June

第五十五天(星期一)

大家好!

今天一早送姗姗去上学之后,就来到已经充满阳光的办公室冥想。

可能是昨天练功时间长积累了许多精力,半夜时突然就醒了,而且没有睡意,我于是想到"神满不思睡",但也不想起床,就开始瞎想,然后《彩虹》里的几句歌词就冒出来了,也有一张马格利特的画与之相配:

> 看不见你的笑
> 我怎么睡得着
> 你的身影这么近
> 我却抱不到

这样醒了一会儿，又迷迷糊糊地睡着了，做了好几个与现实相关的梦，其中有一个是我在教我的医生练习站桩，告诉她要双脚与肩同宽什么的。她昨天给我发邮件说早上站了半小时桩，立刻发现原先的耳鸣有明显好转。她准备让她的儿子、女儿都学着练习站桩冥想！我发现偶然之间我们俩的角色已发生转换，现在我要变成她的"医生"了！

沐浴在阳光下冥想，真是一件幸福的事，我不禁微笑了。能够冥想，还能在阳光下暴露一个小时，这是怎样的享受啊！我今天的目标是一个小时，因为之后还有许多事等着我处理。当然，我想昨天我已站了两个小时，相比之下，一个小时绝对是"小菜一碟"了。而且，全身没有一处疼痛的时间段，也可算是一种"享受"了。然后就想到了贝贝考 GMAT 的成绩，简直令人震惊。总分 800，她居然在只准备了一个多月的情况下考了 770 分，是我目前见过的最高分。我们系每年都有那么多来申请读博士的学生，至今为止见过的最高分是 760。贝贝真是令我惊奇，因为上星期她还感冒了一个星期，在床上躺了两天。上上个星期又去外地开会，是代表她所在的姐妹会去的，再之前的那个星期还和四个女生开车去南卡罗来纳和佐治亚州过春假。我很佩服她安排时间的能力，既聪明又刻苦，真是个好孩子。

而昨天姗姗也自己完成了今年 Marrowstone（一个暑期的音乐夏令营）的申请，因为需要寄上录像或录音带，所以比较复杂。结果她自己录音自己把录音放到网上，寄出申请材料，全部搞定了。下面两个周末很忙，要钢琴考试、演出（在贝纳罗亚音乐厅），小提琴也有独奏汇报演出，之前还得和伴奏的钢琴老师彩排三次，我就只好承担司机加听众的任务了。

5 分钟左右发生第一次食气现象，30 分钟（日光灯嗡鸣时）发生第二次，最后一次是结束冥想之后。身体发热大概在 15 分钟左右开始，之后越来越热，在 30 分钟的时候毛孔张开，但今天一直都没有出汗。右肩那块地方的酸痛大概在 40 分钟时出现，之后一直伴随，到最后有尖锐和灼烧的感觉，但背部其他地方没有任何异样。

60 分钟时结束，感觉真气汇流丹田。踮脚很稳，收腹容易。睁开眼睛时发现窗外树上的叶子已逐渐茂密，把树干都遮起来了。

祝各位无量寿福！

晓萍

第五十六天（星期二）

各位好！

今天的冥想进入一个新阶段，神奇的体验再次出现。

首先，今天的冥想总时间达到 2 小时 5 分钟，打破我的所有纪录，而且体验美妙，还不愿意停止。窗外春暖花开，而我的内心也一样，心花怒放。

其实我本来没有打算冥想 2 个小时的。不知为什么，今天进入状态特别快，而且大约 25 分钟开始，就有"致虚极，守静笃"的感觉，心之宁静，是前几天不曾有过的。我看见自己的心仿佛是一面平湖，山和树的倒影清晰。虽然这几天我正在处理好几件紧急事件，但整个心态是很平和的。一是在"虚极静笃"的状态之下，二是那时全身轻松，没有一处疼痛，我就想，我能不能试一下这个令我迷恋的状态能保持多久。因为今天没有任何"催命"的会要开，我就放任一下吧。就是在这样的思想指导下，我就放任到了 2 个小时。

无疼痛、守静笃的状态大概持续了 25 分钟，其中飞过几个杂念。一个是今天是报税日，我想起去年我和同事对会计师做了一个研究，看缺乏睡眠是否与他们在给企业报税的时候做假账有联系。做假账有两类性质，一类是隐瞒不报（Omission），另一类是有意篡改数字（Commission）。我们发现睡眠不足的会计师更可能做第一类的假账,而睡眠充足的会计师更可能做第二类的假账。当然整体而言,做假账的会计师比例很低(少于20%)。这篇文章已经被接受发表。另一个就是今天是"波士顿马拉松爆炸"事件一周年,今年的防范措施将十分严密,警力大概就增加了四倍。这是早上送姗姗去上学时从 NPR 里面听到的报道。然后我就想到我最喜欢的两个电台,一个是古典音乐台(FM 98.1),另一个是 NPR(FM 94.9)。每次在这两个电台之间转换的时候就让我想到理想和现实之间的距离。因为古典音乐台播出的音乐都是历史沉淀下来的最美的音乐,是人类文明的产物(比如早上播出的乔治·格什温的《蓝色狂想曲》);而 NPR 基本上都是新闻和对现实事件的深度解读(比如对波士顿事件的分析)。所以,我常常想,其实现实和理想之间的距离不远,就是 3.2 个频率差而已。有时,当 NPR 播出过于"阴暗"的新闻和现实故事时,我就会转台到 FM 98.1,美妙的音乐响起,立刻进入理想世界。

杂念出现的时候,我就开始背诵《道德经》第十六章,没想到基本都能背下来了!只有一句"归根曰静"后面的不记得了,刚才查了一下,是"静曰复命",然后才是"复命曰常,知常曰明"。我突然想到"常"字的确切意思,应该是"恒常"还是"平常"?如果是恒常,那么翻译成英文就应该是"Constancy"或者"Eternal",但如果是平常,那么就应该是"Normalcy"。June,能不能问一下师父的解读是什么?

50 分钟之后,右肩的那个部位酸痛开始出现,并一直持续,全身很热,大概 365 个能量节点都打开了,能感觉到那个部位的灼烧,但背部没有疼。"致虚极"的感觉继续,但左上臂也开始疼痛,并出现垂重感。我保持姿势不变,想看一看自己到底能坚持多久,慢慢地除了右肩那个部位疼痛变得尖锐之外,别的地方基本不变。这样大约又过去了 30 分钟。一切如故。

然而,在85分钟之后,我的腿开始出现轻微的震颤,然后丹田之处的脏腑好像要动。我心想,不会又要颤抖了吧?开始练功时,我默念了两遍"颤抖意识",感觉身体都相当坚定不移的。有意思的是,轻微的震颤慢慢增加幅度,然后全身真的开始颤抖了。我心想我右肩的那个痛点正有点受不了,一颤抖可能就把痛感驱除了吧,身体是否自己在帮助我实现2小时的练功啊?然后颤抖的幅度就越来越大,好像回到了我最初开始冥想练习时的状态,只是我现在心里笃定,知道我用意念可以控制。颤动的感觉真是很神奇的,我也就放任它进行,过程中呼吸急促,但心跳反而很稳,我确信呼吸和心跳是两回事。四周静谧,偶尔有小鸟飞过鸣叫追逐的声音。大约15分钟后,我用意念让颤动停止。

哇,停下之后的感觉才是最妙不可言的。此时全身已是大汗淋漓,而上半身完全像飘浮在空中一样,两只手臂不仅悬浮,感觉不到存在,而且双臂之下好像有了充气垫一样,想让手臂掉下去都不可能。我突然想起贝蒂·米勒(Betty Midler)的歌,"You are the wind beneath my wing",觉得真是再贴切不过了。我试着拉开对着的手指,只觉得其中的气有黏滞感和弹性,非常有趣。就在这样的悬浮状态中持续20分钟左右,妙不可言,我决定结束。

然而,右边的膝盖却已无比疼痛。踮脚都不太踮得起来,让我哑然失笑。一直到第六下的时候才算能恢复正常的踮脚,每踮一下,我就忍不住笑一次。我可怜的膝盖,今天算是受苦了。

祝各位无量寿福!

晓萍

各位近安!

我想和大家分享一下最近冥想的心得。

从日本回来一个多星期了,除了一开始倒了一两天时差睡过了头,其他几天每天早上都在站桩。这次回国后我采纳了晓萍的"数呼吸"的方法,效果非常好。

以前我试过手机闹钟,或自己凭感觉收功。闹钟的话总让我有焦躁的不确定感——状态不好的时候不知道什么时候会响,状态好的时候希望晚点响。可能我对时间没有准确的感受,这种闹钟随时都可能响的感觉让我觉得失控而安心不下。如果凭感觉的话(觉得腿酸了)又容易提早结束。

对我而言数数的好处有两点:

第一,掌握时间:我算了一下,深的一呼一吸要12秒,所以如果数200下需要40分钟,300下需要60分钟。收腹的时候呼吸急促些,一呼一吸要5秒,大约36下是3分钟。

第二,数数会减少走神。过去几天,如果时间充裕我都会数300下,事情较多的话我就数200下。一开始放松预备,数20下进入状态,然后就开始了。收功后看表,200下一套大概45分钟,300下一套约为一个小时。

我的腿一般数到150下左右就开始酸了,如像以前一样凭感觉停止的话,才30分钟左右。数数能保证时间,腿酸过一会儿也就习惯了。每数到150下之后我都会出汗,发热,还有十指明显发麻的感觉。很有意思。

这样一来,既保证了时间,又没有闹钟的不确定因素。谢谢晓萍摸索出来的数数法!

现在早上起来尽量不看邮件,让心情平和。我发现每次看邮件对冥想都没有好结果——不是杂念纷飞,就是处理事情后就没时间或心情冥想了。建议大家早上起床后马上冥想。

这个周末准备恢复辟谷了。

无量寿福!

Jon

第五十七天(星期三)

Jon:

谢谢你分享最近冥想的总结,非常棒!为你的进步欣喜!

今天一早就雨雾蒙蒙的,与前几天的阳光灿烂截然不同。不过家门口的风景是浓妆淡抹总相宜,因此另有一番味道。

今天不能太奢侈,就只能冥想一个小时。站定之后,开始采用数数策略。按照以前的一般规律,数到250下左右差不多是一个小时。回到数数,发现杂念自然就少,当然有几个还是硬挤了进来。比如昨天想到的理想和现实之间的距离,就是98.1减去94.9。然后我又想,其实在冥想和不冥想时的状态差别,也反映了另外一种理想和现实之间的距离。因为冥想时我们追求无思无想,"致虚极,守静笃",而在日常生活中不冥想的时候,我们充满思想和情绪,被各种欲望驱逐。此外,对我而言,睡梦中的世界和醒着时的世界,有时也有理想和现实的不同。在梦中我的愿望常常能够实现,醒着的时候就有许多意外事件发生,需要处理。当然客观而言,我认为我醒着的世界已经算相当完美了,只是不如梦中有那么多奇迹发生。

数到40下的时候,全身开始慢慢发热,60下时明显感到各个丹田的火都燃烧起来,真气弥漫全身。整个身体非常轻松,无一处有异样感觉。这样持续到100下,到104下的时候打了一个饱嗝。继续数数,想到我昨天正在设计一个欢送会的邀请函,是为我们系即将退休的一位老教授准备的。这位教授在华盛顿大学工作了45年,科研成果累累,桃李满天下,因此这个欢送会将十分隆重,会把他过去的博士生都邀请来。我们还准备以他的名字设立一个奖学金,专门给未来的优秀博士生,现在正在进行筹款活动(但对他保密),到时在欢送会上给他一个惊喜。另外,今年八月我们在费城的学术大会上也要举办一个欢迎大会,邀请我系所有的博士生校友参加,我昨天也在设计那个邀请函,罗列这一年来我系师生取得的巨大成就,确实很多,令我自豪。

200下之后,发现右肩那个老地方开始酸胀,然后就感觉到真气冲过去攻击,痛点变得明显,有灼烧感,以致延续到冥想结束,那儿还是酸酸热热的。数到240下左右的时候思想开始开小差,突然觉得数不清了。头脑里响起姗姗昨天晚上和钢琴老师彩排的小提琴曲的旋律,非常激情、深沉,又有一点心痛的感觉。这个曲子(查尔斯·奥哥斯塔的《第九协奏曲》)很有难度,有很多的多音,又有许多风格的变化。这个钢琴老师的水平很高,原来是钢琴演奏家,退休之后才开始给学生配乐的。她在整个彩排过程中给予的指点和提出的要求让姗的演奏水平提高了一个层次。当然配上钢琴之后整个曲子就有了背景烘托,效果也大大不同了。

冥想结束时很稳当,食气依旧。总共65分钟。

无量寿福!

晓萍

第五十八天(星期四)

各位好!

看到Lian在无比忙碌的情况下每天也不忘冥想,很敬佩。在我的时间表里,现在是冥想第一,其他事都得让位。

今天在办公室,本来要数数,但又一想现在数数已经渗透到我生活的其他方面,比如,我在走楼梯的时候,就会边走边自动数台阶的个数;在切菜的时候,也会边切边数切出来的片数;当然在咀嚼食物的时候,也是边嚼边数,36下嘛。因为想到办公室的日光灯在30分钟时会自动熄灭,所以我刚数了两下,就决定停止。结果杂念很快就飞过来了。星期天播出的《傲骨贤妻》

出现在脑海中。Alicia 的悲痛在这里表现得更充分,她神不守舍,魂不附体,仿佛大病一场。然后就有一段与她老公(现任州长)的经典对话。她说她要和他分居,但为了维护他州长的面子,不离婚。但从此以后,彼此不要干涉对方的生活。她老公曾经因嫖妓坐牢,也与多名女性有染,Alicia 一直很伤心,直到与 Will 相知相爱。但后来又因为要维护老公的尊严,毅然与 Will 绝交。现在 Will 已逝,她的天塌下来了。老公听 Alicia 说要和他分居,十分不解,他说:"我出轨的时候,只是逢场作戏。"Alicia 反击说:"但我不是,我是绝对认真的。"我不知道这里表现的是男女之间对性的态度的普遍差异,还是这部电视剧里独有的差异,相当耐人寻味。

15 分钟左右身体开始发热,20 分钟时发生食气现象。今天是我的辟谷日,我很高兴终于可以名正言顺不吃饭了。但晚上有客人要来,所以下午得去买菜,脑子里开始想今天要做的菜:丝瓜炒笋干,肉丝炒香干韭菜花,葱姜炒螃蟹,还有昨天的红烧排骨,再加一个炒青菜应该就够了。我自己只要吃若干水果就可以了。前几天买了很多瓜:西瓜、哈密瓜、白兰瓜,都很不错。还有芒果、草莓、苹果、梨、香蕉、橘子。可吃的东西太多了,遗憾的是"肚量"有限。

日光灯熄灭的时候已是浑身滚烫,真气勃发。我现在发现身体热得比以前快了,可能是收功收得好,把能量聚集起来了,一进入冥想状态,很快就被激活。那些气功大师在需要来气的时候就可以立刻来气,就是多年积累的结果吧?

之后的 30 分钟过得很快,可能是因为身体无一处疼痛的缘故,非常轻松。我想清空大脑,就默念:"让杂念飞!"心里想到一般来说你越是要大脑做什么大脑偏偏就不做的现象。比如,你说:"别想大象!"这时脑子里就会偏偏出现大象的形象。所以用反其道而行之的方法,我说"让杂念飞",杂念就应该飞不起来了。这个方法好像挺有效的,我念了几遍"让杂念飞",结果果真一个杂念都没有。后来我觉得时间差不多了,就决定停止,一看钟,已经65分钟过去了。

睁开眼睛的时候,发现雨珠正顺着落地窗的玻璃往下滑,今天还是细雨蒙蒙。冥想完毕之后再次出现食气现象。

祝各位无量寿福!

晓萍

晓萍老师:

今天联系上了师父。师父回复说,"知常则明"的常是指恒常,即宇宙无常运动变化背后的永恒不易的本体。师父非常关心您的进展,他听说您开始把冥想中的体会带到日常生活中,非常开心。他说在修炼的下一步有个环节就是生活修炼,即把练功中体悟到的境界逐步扩展到日常生活,也叫做"道的生活化"。数数听起来简单,实际上有助于我们训练自己时刻保持觉知,您已经开始朝这个方向迈出了第一步。

无量寿福!

June

第五十九天(星期五)

June:

谢谢师父的鼓励。常是恒常之意,明白了。

今天预备姿势时间较长,可能用了5分钟让自己完全安静,有趣的事情就发生了。

进入状态不久,大概不到2分钟,全身就开始发热了,嘿,真气这么快就被唤醒,让我喜出望外。我昨天还在想气功大师"呼气(风)唤气(雨)"的本事,今天就感觉到自己的进步了,真有意思。之后就一直暖洋洋的,到15分钟左右热浪就一阵一阵在身体里涌动。杂念间或飞过,想到昨天辟谷日自己的表现,很满意。我发现在各种水果中,瓜是最好的,既解渴又解饿,让胃觉得很舒服。昨天总共吃进去的食物:一杯牛油果果汁,半个小西瓜,半个白兰瓜,一小把生的坚果。早上起来还是觉得胃很舒服,一点都不饿。

然后我突然想到自己已经很久没有念斋咒了,"五星之气,六甲之精;三真天仓,青云常颖;黄父赤子,守中无倾"。昨天吃水果的时候,特别想到了"黄父赤子,守中无倾",所以尽量多吃有不同颜色的,感觉真不错。我现在初步打算一星期辟谷两日,除了星期四之外,也许星期一也是不错的选择。

听到日光灯嗡鸣的时候,我觉得已经深入到以前我到50分钟左右才有的状态,身轻如燕,手臂仿佛不存在,而且那时肩头也不疼不痛,感觉到自由和虚无。昨天临睡前仔细研读《道德经》的第一章,突然发现自己能读到深层意境,有"道中人"的感觉。特别是

> 无名天地之始;有名万物之母。
> 故常无,欲以观其妙;常有,欲以观其徼。
> 此两者,同出而异名,同谓之玄。
> 玄之又玄,众妙之门。

这几句,把"有"和"无"之间的关系说得如此透彻,而在"常无"状态可以"观其妙"这一条可以与我在冥想时进入"虚极"时那些妙不可言的感觉联系起来,实在是总结得太精辟了。而"玄之又玄,众妙之门",又是多么贴切。既在"有"中又在"无"中观察,就能进入体验"妙不可言"境界的门槛。啊呀,真是太妙了!

40分钟左右,右肩的老地方酸胀又出现,被真气围攻产生灼烧感一直延续到结束。45分钟的时候有食气现象发生。想起最近看到的一篇回忆中学

老师的文章,突然想到对自己影响最大的中学老师,是我初中时的语文老师,他在初二下学期我们分了"快、慢班"之后担任我们快班的班主任。这个老师对我当时看待人和事物的思想产生了颠覆性的影响,决定了我成长过程中建立自己独立观察和思考能力的基础。他的语文课基本不用教育部的教材,而是自己编撰了一套材料,要我们通读《莎士比亚全集》、法国文学家的著作(巴尔扎克、莫泊桑、雨果等),然后不断要我们写作文,就是那些短小的散文、随笔。每次的作文点评课是最让我期待和紧张的。因为他会对那些"八股文""假大空"的文章讽刺、嘲笑、挖苦,其幽默和一针见血常常引得哄堂大笑,让大家觉得过瘾,但被点评到的同学自然觉得尴尬难堪。但他确实是只对文章不对人的,所以就是平时那些语文成绩很好、很优秀的同学也经常遭到他的批评。这是我之所以觉得紧张的原因,谁知道哪天被揪出来"批"的那篇文章不是我写的呢?幸运的是,我一次也没被他揪到过。

除了课堂上的学习,在课后我们也有很多交往,我们班的学生,特别是女生,都非常喜欢他,因为与他聊天总能够得到很多意想不到的灵感,他从来不讲"政治正确"的话。我那时每天骑自行车上学,他平时住在学校宿舍,周末时回父母家。我们的中学在玉皇山脚下的长桥,我家在南山路,他父母家在梅花碑,所以有很长一段路重合。记得我们常常在周末放学后一路同行,边骑车边聊天。当时我们有三四个女生比较要好,有时还会在周末去找他聊天或去看展览、听讲座,就是觉得他这个人很有趣,而且我们都觉得他从来都是以平等的姿态和我们说话,不把我们当"不懂事的小孩",特别能够说出我们的心里话。那时我对心理学开始产生兴趣,就是因为这个老师。后来我常想,其实中学老师是最能影响一个学生的未来的,这是一个多么神圣的职业啊。

这个思绪显然飘得太远了,我应该专门找个时间写一写我的这位启蒙老师。收回来,觉得时间差不多了,睁眼一看,还是65分钟。

祝各位周末愉快,无量寿福!

晓萍

晓萍老师:

看到您今天在冥想中领悟《道德经》很为您高兴,这说明您已经开始走上了师父倡导的实证解经的道路了。可喜可贺!!

我这段时间一直在整理、复习师父在山上教学时与我们道众间的交流笔记,这也是师父前段时间给我安排的功课之一,晓萍老师每天的分享也激励了我,以后我每天复习到一些好玩、好看的内容,也拿来和大家一起分享。

今天我正好在整理师父讲的一个"成就生命"的讲座,师父认为修道就是成就生命,是由三个维度来概括的,分别是圆满的健康、圆满的智慧、圆满的幸福。健康话题大家已经听师父讲了许多,而所谓圆满的智慧,则不是用头脑去比较、分析与判断,而是从内在透露出的智慧,就是一瞬间实现感而遂通,在当下合道了。我这里把整理出来的"圆满的智慧"的一小部分和大家共享。

成就生命的第二个维度是圆满的智慧。圆满智慧的表征是什么样的呢?智慧和聪明的区别是什么?道家的丹道修行叫性命双修,性命双修的一个结果是,一定会从内在透露出圆满的智慧。圆满的智慧就是在某种程度上,哪怕是当下的那一瞬间合道了,是道的一个体现,而道本来就平平等等、不增不减,为什么我们居然在平平等等的道的海洋里面,还要去修道呢?或者说,道家讲无量天尊,各位都是天尊,佛家讲众生都是佛,那为什么我们还要修呢?先天是通本质的,道家的丹道讲后天转先天,其实就是从有着有为转成无着无为,转成无着无为是一丝一毫都不遮掩地全部体现,一瞬间的感而遂通,这就叫智慧。

之所以阻碍了这个智慧的发生,是因为脑袋。所谓的颠倒、梦想也是指它,所以才有是山水、不是山水、又是山水的说法。把颠倒过去的状况再颠倒回来,生命就有了真,有了本。我们从来不是去学习老子,老子也不希望我们去学习他。任何一个有志于修行的人,他必发一个大心,他要成为老子,让道、让《道德经》从他的自性中流露出来,流淌出来。如果老子今天还活着,他所说的一定是现代语言,不会再说古文,他会用现代的语言再说一部经,叫《新道德经》。如果大家每个人都成了老子,你们说出来的话就自然而然是从自性中流淌出来的东西,而不是在比较、分析、判断、对错、是非中叠加出来的东西。之所以有这一系列的变化,是因为我们有了头脑,头脑的作用是分析、分别、分辨,这一分,世界就精彩了。圆满的智慧的起步就要超越头脑,在对错是非的自相矛盾中解脱出来,帮助大家获得一个真正的生命的道的呈现。聪明属于善巧方便,而智慧则是属于无着无为的生命的体现。圆满的智慧体现的就是对道的本质的契合,这一瞬间感而遂通了,这一瞬间所洋溢出来的东西就是道……

无量寿福!

June

第六十天(星期六)

June:

没想到我不知不觉在走实证解经的道路了,真有意思,很高兴。

谢谢你分享如此精彩的内容。我很喜欢"感而遂通"这几个字,就是真性情和智慧的流露,没有雕琢,没有修饰,自然而成。关于聪明和智慧之区别的讨论也很好,虽然道学源于中国,但是我的观察反而是中国人多的是小聪明,少的是大智慧。"大智若愚"者寡,"小智若聪"者众。

今天带姗姗到 SYSO 排练,之后照例来到剧场冥想。

突然心血来潮,给自己定了两个小时的冥想时间。因为怕估计不准,错过接姗姗的时间,所以就定了闹钟,然后安心进入状态。

想到昨天预备姿势时间长一点起到的作用,今天我也准备花费同样的时间。结果一闭上眼睛,昨晚的奇妙梦境就出现在脑海中,好像是我带着姗姗在中国某个城市的市场逛街,两边的建筑十分古朴,有强烈的中国江南元素但又非常现代,每一个商店的设计都十分别致,门前琳琅满目地挂着设计新颖的高跟鞋、手袋,等等,而且挂得很有艺术性。这么快思绪就飞走了,让我吃惊。我开始默念《道德经》的第一章,"道可道,非常道。名可名,非常名。无乃天地之始,有乃万物之母。故常无,欲以观其妙;常有,欲以观其徼。"最后这个字我不知怎么发音,就念"āo"。念完之后,感觉极其宁静,于是弯腿、抬手、对准指尖,进入状态。

与昨天不同,今天身体没有立刻就发热,反而与平日相似,大约 10 分钟左右,才开始温热,之后温热感渐渐加剧。到 30 分钟左右真气勃发,全身的毛孔都打开了。我突然想到"致虚极,守静笃;万物并作,吾以观复",身体的所有能量中心打开,其实就是"万物并作"的意思,而在那时,所有经络不通之处都会暴露,就可以看清身体的本质。虚无状态持续了很长一段时间,开始背诵《道德经》的第十六章,发现自己已经可以全部背下来了。很高兴,而且更妙的是,对每一个字的意思都有了切身的体会。

身体的真气越来越热,大概到 50 分钟的时候,右肩又开始酸胀了。我未加理睬,开始不断地想练功时要"身、心、意三位一体",身到、心到、意到,要有"整体意识、良性意识、颤抖意识"。注意到自己的嘴好像没有微笑的状态,立刻就纠正了。然后思绪又飞起来了,想到新闻里播出的旅居墨西哥的哥伦比亚作家加西亚·马尔克斯去世的消息,没有震惊,因为他年纪大了,已经87岁,只是遗憾看不到他的下一部作品了。马尔克斯是因写了《百年孤独》(*One Hundred Years of Solitude*)而获诺贝尔文学奖的,以魔幻现实主义的写作手法闻名。我在刚到美国没多久的时候从图书馆里借来看,因为那时自己感觉极度孤独。但是看了没多少就不太看得下去,因为他描写的宏大孤独和我个人的渺小孤独很不相同。他描述的是整个拉丁美洲的孤独,用一个村庄作为比喻,对村庄里每一个家族和个体的畸形、孤独进行解读,因为笔触魔幻,而且那时我对拉美的历史和宗教都不了解,因此很多地方都看不明白。

可是几年前我们去欧洲旅行的时候,贝贝带了马尔克斯的《霍乱时期的爱情》(*Love in the Time of Cholera*),她看完后,就推荐给我看。没想到那本书我拿到手上就放不下了。在整个旅途中,从米兰到罗马,从威尼斯到巴黎,一回到酒店我就坐下来开始看,一个多星期才全部看完。但那是怎样的一个爱情故事啊,让人看了一辈子、两辈子都不会忘记的。而马尔克斯不论是描述少男少女的情窦初开,还是描写南美的潮热气候、动物、色彩和气味,不管是描写下层老百姓的生活细节和情感,还是描写上层社会生活的精致、苍白和无奈,都是那么栩栩如生、跃然纸上。男主角对女主角的爱,从一见钟情到再见钟情,从因为社会地位的悬殊无法相恋到几十年如一日的单相思,给她写情诗,想尽各种方法在她一无所知的情况下见她一面。那种痴情和迷恋在马尔克斯的笔下被很客观又略加讽刺地描绘了出来。几乎等了一辈子的时间,终于等到女主角的丈夫心脏病突发去世,男主角才终于有勇气和机会与女主角见了面,但是女主角完全认不出他是谁,和她又有什么关系。而在那个年龄,女主角也早已青春不再,而是满脸皱纹、瘦骨嶙峋的老太太一个。他们在同一条游船上重新相识相认,而那时正好全国开始流行霍乱,要求船上所有的人都不能上岸,因此男女主角终于可以彼此拥有,在河流上永远漂下去……

可能将近85分钟的时候,右肩的肩胛骨、后胸骨、腰部都开始陆续出现疼痛,而且奇怪的是,左手手臂与肩膀相连接处有一点也开始疼痛,好在膝盖和腿都不疼,但是这几点明显的疼痛还是让我觉得挺难熬的,呼吸也不能那么深长匀缓了,而且就是在吸气、呼气的时候那些地方都会特别疼。我此时一点杂念都没有了,注意力已经全部被疼痛吸引。可恶的是,越是注意越感疼痛。我心想今天会不会内动颤抖呢?那样可以减轻疼痛啊。但是身体却是像打了桩一般,我自岿然不动。我想今天惨了,只能忍受疼痛练功了。就这样坚持着,身体里的汗开始渗出,而且我能感到有些是"虚汗",脑袋上也冒出来了,随即感到身体有点虚弱,但还是很稳当,所以没有停下来。又坚持了半个小时,突然觉得左臂上的那个痛点转移了,到了手肘那儿,也是一点,很痛。但后背的几处痛点也许是因为时间长了的缘故,没有那么尖锐了。正想着总算熬过来了的时候,闹钟响了,我也不愿意马上停止,想看一看再坚持一会儿是否疼痛还能减弱。但那个音乐让人心烦,而且不屈不挠一遍一遍地响着,迫使我结束。

今天站桩整整两个小时,一共发生四次食气现象,基本均匀分布:30分钟,60分钟,90分钟,120分钟。完全没有饥饿感,回家之后直到现在(下午三点)也没有。到目前为止只喝了一大杯牛油果果汁。刚才在开车时还打了几个饱嗝呢。

祝大家无量寿福!

晓萍

晓萍老师：

"常有，欲以观其徼"，徼字的发音为jiào。看到您写的"可恶的"疼痛，不禁莞尔。我以前冥想的时候也体会过，深有同感。当时师父告诉我，应该借此学会无条件地接受，超越自己的情绪就是从这里开始的呢。

无量寿福！

June

第六十一天（星期日）

各位早上好！

今天一早起来冥想。四周静悄悄的，连鸟鸣的声音也几乎没有，看来不仅是人，连动物都对复活节（Easter）有感知，无语静思，等待奇迹的发生。

可能是昨晚听了音乐会的缘故，进入状态后脑子里就响起音乐，但不是昨天的音乐，而是姗姗最近练习比较多的钢琴曲，肖邦的 *Impromptu*。昨晚的三支曲子都很棒，一个是苏格兰音乐家詹姆斯·麦克米兰（James MacMillan）的新作《奥斯卡之死》（*The Death of Oscar*），第二个是贝多芬的《C小调第三协奏曲Op.37》（*Piano Concerto No. 3 in C Minor, Op. 37*），由英国钢琴家保罗·刘易斯（Paul Lewis）演奏，炉火纯青。第三个是拉赫玛尼诺夫（Rachmaninov）的《E小调第二协奏曲Op.27》（*Symphony No. 2 in E Minor, Op. 27*），四个乐章，既雄壮又优美，刚柔相济。昨天的指挥是Stephane Deneve，法国人，长相、发型看上去像巴赫再世，指挥时所表现出来的激情和投入也非常动人。西雅图交响乐队的成员中也有很多高人，每一个音符都把握得恰到好处，令人折服。

今天没有定闹钟，也没有用数数法，用身体感应时间的流逝。如平常一样，大约10分钟左右手心发热，然后全身慢慢温热起来。到20分钟左右，身体进入非常宁静的状态,我就开始在《道德经》第十六章和第一章之间徘徊,一会儿出现"致虚极,守静笃"的语句,一会儿又出现"故常无,欲以观其妙;常有,欲以观其徼"的语句。感谢June,才知道这个字念Jiào。查了一下字典,徼的意思是"边界、界限",那么,就是在有的状态可以看见各种存在之物的边界了?所以在有和无之间,有生于无,无中可以生有,两者就是同出而异名,之所谓"玄",就玄在这儿,呵呵。

昨天练功到后来才出现的左上臂和肩膀相连处那一点的疼痛今天很早就出现了,30分钟时已经很明显,而那时全身已经熊熊燃烧,全部毛孔都张开了。整个左手臂甚至还出现了几次"汗毛"竖起来的现象。身体的右边无痛无痒,几乎没有感觉,我知道等下右肩那儿会开始发痛的,现在就尽量享受这美妙的时光吧。果然到45分钟左右,全身真气涌动的时候,右边昨天疼痛的情形又出现了,但有一点不同的是,那一个痛点不见了,代替它的是更大面积的酸胀,那就是整块肩胛骨都酸胀。我不知道这是进步还是退步,但是师父说过"不降不迎,不悲不喜,无条件地接收",就听之任之吧。

大概50分钟的时候,食气现象出现,左肩的痛点也消失了。我发现大面积的酸胀比一小点的疼痛要容易忍受,因此又开始享受目前新的身体状态,感觉很好。到将近65分钟的时候,我决定结束,这时,奇妙的事情发生了。

我把双腿慢慢伸直,双手慢慢放到丹田上面,双脚尚未并拢,整个身体的内动竟然开始了,是轻微而有节律的震颤,非自主,为了顺应身体并体验一下,我就顺其自然任其颤动,大约三分钟后,我并拢双脚,震颤停止,感觉所有的真气汇流丹田。冥想完毕,再次发生食气现象。今天全部时间为75分钟。

祝各位无量寿福!

晓萍

第六十二天（星期一）

各位好！

今天冥想 70 分钟，感觉有些退步。

首先，身体发热很慢，大约 30 分钟才有热气。其次，身体两边不匀称。还记得刚开始练功的时候老觉得右边发热比较快，身体的能量比较足，而左边的就比较弱。后来两边开始平衡，一般是双手的手心同时发热。但是今天却是左边的手心先发热，而且过了很久以后右边的才慢慢热起来。并且热了之后肩胛骨的酸痛才出现，可见是真气穿过去遇到了障碍造成的。不过可喜的是今天杂念很少，进入虚无状态很快，而一进入那个状态，我就会自动开始背诵《道德经》的第十六章，也算是绝配。

45 分钟左右后颈部开始酸痛，好像是第一次出现。那时我的脑海里又开始想《道德经》第一章里的"故常无，欲以观其妙；常有，欲以观其徼。此两者，同出而异名，同谓之玄；玄之又玄，众妙之门"。本来有和无其实是一回事，无中可以生有，有了之后也可以变无，有无之间这样的转化，其实和生死是一个道理。因此其实读透第一章，也可以参透生死啊。

从今天起，我打算每周辟谷两日：周一和周四。一想到能辟谷，心情顿时好了起来。刚才冥想时已经打过两次饱嗝，完全没有饥饿感，并且觉得身轻如燕，妙哉。

祝各位无量寿福！

晓萍

第六十三天（星期二）

各位好！

今天早上在送姗姗上学之后和看牙之前有一个小时的时间，正是冥想的好时机,但想来想去找不到合适的地方。本来想到附近的一个小公园,没想到雨下得那么大。最后决定直接去牙医诊所,就在等待区站桩冥想吧。

进入状态后,我能感到周围有几个坐在那儿等待就医的人,但也知道没有人会来干扰我的,这是美国最大的优点,尊重别人的隐私和自由。喇叭里轻声播放着抒情音乐,大概是 FM 106.9,基本都是爱情歌曲。我已经有 10 年没有听这个电台了。记得有人说过,当你堕入爱河的时候,每一首情歌听起来都像是为你写的。

今天身体的反应比较平常,20 分钟慢热,但是左右两边是平衡的。呼吸很轻松,可能是音乐在响,我听不到呼吸声的缘故。昨天一天辟谷,所以肚子也比较轻松,整个人感觉都很放松。30 分钟左右热气增加,发生食气现象。到 45 分钟的时候,全身火热,也能感到火苗蹿到右肩那块地方,开始灼烧,但整个背部还是轻松的。

冥想期间两次听到护士叫名字,但都不是我,因为我故意没去报到,想等冥想结束后再去,就是生怕被打搅。其中一位显然是陪儿子来看牙的,说是拍了一大堆 X 光片什么的,要他们等 6 个星期再来。有趣的是,母亲问护士是否要把 X 光片存在一个相册里,护士笑了。然后那位母亲说,她自己开了一家公司,是专门帮别人做相册的,名字叫"Creative Memory",并顺便介绍了公司的业务,还留下了名片,一边笑一边说,"有需要可以找我,但是别有压力"。真有意思,看牙的时候还顺便推销了自己的业务,挺让我开眼界的!

快到 60 分钟的时候,感觉整个背部、颈部都熊熊燃烧,非常舒服,简直不想停下来,但是约定的看牙时间就要到了,只能恋恋不舍地结束。

无量寿福!

晓萍

晓萍老师挤时间冥想的精神真是令人钦佩！无怪乎进境如此迅速，所谓"一分耕耘，一分收获"，此言非虚也。

在接下来的几天，计划陆续摘录一些在山上学习养生课程的笔记给大家，方便各位参考。

子时23:00—1:00【胆经，好好睡觉勿熬夜】 子时，气血流注于胆，称为足少阳胆经。此时是身体进入休养及修复的开始。人在子时入眠，胆方能完成排毒和代谢工作。凡在子时前入睡者，晨醒后头脑清新、气色红润。如果子时不入睡，熬夜日久，会致胆火上逆，引发失眠、头痛、忧愁易思、面色青白等症状，易生肝炎、胆囊炎、结石等病。

亥时21:00—23:00【三焦经，阴阳交合】 亥时，气血流至三焦经，称为手少阳三焦经，掌管人体诸气通往各脏腑，是为人体血气运行的要道，特别是人体上肢，以及排水的肾脏均属三焦经掌管范畴；此时阴盛，要安五脏以利睡眠。此时进入睡眠，百脉得以休养生息，对身体十分有益。注意睡眠时不要特别压迫到某侧的手部，容易水肿的人睡前不宜多喝水。

无量寿福！

June

第六十四天（星期三）

June：

这里说21:00睡觉好，可是前面你曾说现在的季节要"晚睡早起"，岂不有点自相矛盾吗？难道晚上9点睡就算"晚睡"了？这样我就有希望了？

今天如常练功，整个过程相当平常，乏善可陈。其间杂念也不多，偶尔飞来几个也非常平常。停留时间较长的有一个，就是在我们系工作了12年的秘书这个周末就要离开我们去医学院就职了，这个消息就是我之前提过的令人震惊的消息，因为她是我们大家都离不开的人，12年如一日，兢兢业业地忘我工作,不仅能力强,而且态度好,无论大事小事都能够完成得超过大家的预期。我们系是整个学院最大的一个系,老师加博士生总共60多人,一共才两个秘书,每一个都是超负荷工作,而且他们要为每一个人服务,能把工作做得这么细致完美是非常不容易的事。去年以前,她的上司就是错误百出,而她与之合作12年,不知道帮助这位上司干了多少她分外的事,也从无怨言。去年她的上司退休,她升到了这个位置,我们大家都由衷地为她高兴并感觉幸运。最近我还刚刚写了信提名她得学院的优秀员工奖,没想到她竟然要走了。

她告诉我这个消息的时候,说她自己也哭了一个晚上,觉得舍不得我们,但是新的职位对她更有吸引力,而且有新的成长空间。我理解她的选择,在表示难过的同时,也为她祝福。然后我就立刻决定为她开一个欢送会,让大家能在欢送会上对她曾经给我们的支持和帮助表示感谢。过两天就是欢送会的时间了,我要准备一下自己想说的话以及想要送给她的礼物。

从这里想开去,我想到12是一个圆满的数字,而她为我们每一个人提供的服务也都堪称圆满,这也是为什么我在提议征集别人对她的评语时有那么多人立刻响应的原因。我自己的那封推荐信写了满满一页(是从三页浓缩而成的),而其他人的"只言片语"也占了满满三页。那些赞语看了让人觉得温暖和感激。我想,其实人生的意义是什么,不就是"为别人服务"吗?只有你为别人(或者社会)做了有价值的事,你才会在他们心中留下来。

当然,我的下一个任务就是要招聘一个新的秘书。想想去年忙了好几个星期才把秘书队伍调整好,今年又要重新来一遍,只能唏嘘感叹。

大约30分钟发生食气现象,进入虚无状态时默念《道德经》第十六章。60分钟时再次食气。踮脚稳定,没有悬念。

无量寿福!

晓萍

晓萍老师：

《黄帝内经》是上古书籍，在那个时代晚上9点应该已经是很晚了吧，呵呵！我昨天分享的内容引自"子午流注"，也是古人总结出的一种规律，基本理念还是天人合一，即人体十二条经络对应于自然的十二个时辰。随着时辰的变化，十二条经络有兴有衰，环环相扣。依照"子午流注"，顺应天时，将良好的生活方式与自然规律相结合，即为十二时辰养生法。我们可以参照来调养身心。如果大家对此有兴趣，我会在接下来的日子陆续发给大家。

无量寿福！

June

第六十五天（星期四）

June：

你的解释言之有理，在古代的时候，晚上9点应该很晚了。记得小时候我每天晚上8点就睡觉了。

今天是我的辟谷日，早上送姗姗到学校后先去买了几个西瓜和白兰瓜，这些瓜看上去又大又圆，很漂亮。我的口粮足够了。

回家后站桩冥想。昨晚下了一夜的雨，空气、树叶、阳台上都是湿漉漉的。但是天已放晴，蓝天白云绿树红花，感觉非常清新。我闭上眼睛进入状态，两个掌心很快就开始发热了，慢慢就进入虚无状态，我自动开始诵读"致虚极，守静笃；万物并作，吾以观复。夫物芸芸，各复归其根；归根曰静，静曰复命；复命曰常，知常曰明。不知常，妄作凶"，突然想到之前提到的那个狂妄的老总，就有点"不知常，妄作凶"的味道，迫切需要修炼啊。

现在我很少去感受气的流动，让其自然发作、渗透、做功。到30分钟的时候，明显感觉到毛孔的张开，这时脑海里就出现了"万物并作"这个词。当杂念出现的时候，我就背诵《道德经》的第一章，效果也相当不错。但有时还是抵挡不住，我就任自己的思绪在"船"上飘一会儿。比如这几天在补看电视连续剧《纸牌屋》(*House Of Cards*)，发现那个党鞭 Francis Underwood 和他太太 Claire 之间的关系十分奇特，那种"默契"超越一般人的想象。另外，Francis 与他的助手之间的"默契"也是非同一般。想到我自己正在撰写的有关"默契"的论文，觉得用他们做例子应该绝妙。这种默契是怎么形成的在电视剧里没有交代太多，但我觉得自己的理论应该可以对此进行解释。

昨天我又看了一下《道德经》，发现与第七章十分有共鸣，那是一段关于"天长地久"的论述：

> 天长地久。
> 天地所以能长且久者，
> 以其不自生，故能长生。
> 是以圣人后其身而身先；外其身而身存。
> 非以其无私邪。
> 故能成其私。

所以天能长地能久是因为它们不是生命；以此类推，越不想永生的东西越能长久，越不想留名的人越能留名，越不自私贪婪的人越能变得富有。因此，越把自己放空的人心灵就越充实，越无欲望的人越能感到满足。太同意了！在我看来，冥想其实就是放空自己的练习，不管是站桩还是打坐，都是如此。

今天 70 分钟，发生两次食气现象，其余一切如常。

无量寿福！

晓萍

各位好!

看到晓萍老师通过冥想来体悟《道德经》,与师父倡导的实证解经方法很类似。故而今天与大家分享一下师父论述如何学习传统文化的一段内容。

院校教育是把《道德经》当作知识去学习而理解。在我看来,国学是智慧,而智慧无法去学习,只能去修持。修持的方法是用心去证,用心去悟。国学的传承讲究心传口授,给不同的人讲的东西可能很不同。老师心传,学生去实证。桩功既是养生的功法,也是修炼《道德经》、认识《道德经》的方法,可以帮助我们直接去证到它的本体中去。

无量寿福!

June

第六十六天(星期五)

June:

谢谢分享。很高兴我进入实证解经的境界了。

今天一早就来到学校。天气晴朗,阳光明媚,我又得以沐浴在阳光下冥想。

我今天稍微打扮了一下,因为下午的聚会。突然发现原来穿起来很紧身的裙子居然宽松了很多,可见我比原来瘦了。平时我几乎从不称体重,因为在过去的20年中体重基本没有变过,以前在香港时买的衣服到现在都可以穿,所以也不知道到底减了多少磅。但这无疑是个好消息,意外的收获,呵呵。

昨天的辟谷十分平常,一杯牛油果果汁,半个小西瓜,四分之一个白兰瓜,半个芒果,一小把坚果,一天就搞定了。今天也不感觉饿,练功一开始居然就觉得有个饱嗝在酝酿,结果一直到收功时才打出来。看来我一周两日辟谷也成功达到了,真让我小小地得意了一下。而且这个星期一直都精神饱满,完成了那么多工作(我把五月份去悉尼的演讲报告和六月份要做的三个演讲报告都准备好了),八月份去瑞典要宣读的文章也已经写了一半(很有意思的全新理论),另外两个全新的实验也已经开始,令我兴奋。

  进入状态后,真气很快就运作了。因为阳光照在我身上,我能明显感觉到手背热了,但也能感觉到手心更热。我注意到不在阳光下冥想的时候,手背几乎从来不会发热,常常到收功两手交叉时,都能感觉到手背的冷。不到 20 分钟全身就已经火热,听到日光灯嗡鸣时,已经是要冒汗的时候了。这几天全身几乎没有疼痛之处,身体很轻盈,进入虚无状态比较容易。我今天一直想着"清空自己"这几个字,其实就是忘我或无我,然后就出现了"不拒不迎,不来不去,不悲不喜,不舍不弃,不痴不迷"这些字眼,在脑子里来来回回地转。接着我突然就想到了"感应"二字,就是那种无法解释的冥冥之中发生的人和人之间的思绪/思念吻合,也在这两天发生了。

  大家可能还记得我前些天提到我的中学老师,还写了一些在那个年代的事情。没想到就在那一天,我的初中同学,就是我提到的我们四个特别要好的女生中的一个,居然给我发了一封邮件与我联系。这封邮件之所以特别,是因为她自始至终不曾给我发过一封邮件、打过一个电话或有过任何联系!接着我另一个同学,也是四个女生中的一个,也给我发了一封邮件,这一位的情况类似,我们起码有五年没有联络了。这是什么样的巧合呢?我想起她们的时候,就是穿过太平洋,脑电波也能与她们发生共振啊。这种第六感官的感应不知道应该怎么解释。于是,我分别给她们打了电话,一听到声音,所有的距离都消失了,我们好像又回到了青春年少的时期。当然一定会提到我们的那位老师,他至今还与她们保持着联系。我决定今年暑假回杭州时一定要和这些同学、老师好好聚一聚。

更有意思的是,昨天有一位博士生告诉我他对 Mindfulness 的研究颇感兴趣,因为他自己已经冥想四年,当然练的不是道家的冥想法,而是瑜伽和打坐。最近他想研究 Mindfulness 与合伦理的行为之间的关系,有可能把它作为博士论文的题目。我一听,不禁大喜过望。我们必须要好好谈一谈。

今天冥想 70 分钟,全身大汗,脸上、额头上也渗出了汗珠,感觉很爽。

无量寿福!

晓萍

各位好!

看晓萍老师每日的分享是一种幸福,时时有怦然入心的契合!

今天看到她写到的人与人之间的感应,我和许多上山的修行人也都时时出现,是感应功能增强了,还是思想的发射功率加大了?试问观里的道长,却被告知是心灵净化后的通透性发生变化了。简单地说,是修炼中去除杂质后身体导体更纯粹了。

传统文化《易经》中的《易传》解释为:君子居其室,出其言善,则千里之外应之,况其迩者乎?

师父总说:善是至真的表达形式,内在纯净了,就可以去实现天人合一(善)了,思维波"与天地精神相往来","千里之外应之"应当不难做到。像孪生兄弟间的心电感应;孩子在外遇难,母亲千里之外坐立不安的感应;"说曹操曹操就到"的思维感应都是因缘的编码程序,而修炼则能去掉各类杂念干扰波,充分释放内在的心能。

无量寿福!

June

第六十七天（星期六）

各位好！

今天我冥想130分钟，90分钟之后所有的疼痛爆发，"忍无可忍"，但我还是坚持住了。想起"伟大是熬出来的"这句话，微笑。

刚进入状态时，脑子里就出现了两句诗：你的黑夜是我的白天/我的白天是你的黑夜。然后想到黑白相间的阴阳图，就开始想象之后的诗句，转出几句都觉不妥，思维就停顿了。然而头脑里又响起姗姗今天下午要表演的钢琴曲：肖邦的《第三即兴曲》，那个主旋律来来回回地一直旋转，感觉到肖邦情到深处的痛楚，那一遍一遍加强（Crescendo）的音乐，不知诉说的是他的哪一段恋情。

身体很快就发热了，不到5分钟手心就明显有热气；之后一直暖洋洋的。与平常不同的体验是，在两个小时中，每次食气现象发生时（总共四次，似乎是每半小时一次），我竟然能感觉到丹田之中的真气往上升到胃里，促使饱嗝产生。每次都感觉到了，让我想到师父曾经说的话，果然印证了。更有意思的是，我感觉每食一口气，就好像吃了一小碗饭，能量就增加了一点，到两个小时结束，食了四口真气之后，绝对是饱饱的了。

感谢June的解释，原来内在纯净是发生感应的一个重要条件，我又想到50岁生命如初，回到婴儿状态的念头，眼前出现一朵纯白的睡莲，无处可以沾染尘埃的模样。《道德经》第十章有一句："专气致柔，能如婴儿乎？"我的心灵可以如此纯净吗？

进入无痛虚极状态大概在25分钟左右，那时全身的真气越来越旺，"万物并作"，感觉特别好。自然默诵《道德经》的第十六章，最后一句是"天乃道，道乃久，没身不殆"。第七章里说，"天长地久。天地以其不自生，故能长生"。第一章里说，"道可道，非常道"。把这几段联系起来，就说明这个"道"就是天地，就是自然规律，就是长久不衰的真理。再分析下去，要得到这个"道",就要像天地一样无私无我。当一个人完全走出自我的时候,就得了道,而得了这个道,反而就成全了自我。这个辩证关系既简单又复杂,但其实就是这一个意思贯穿了《道德经》的全部内容,不论是个人修炼,还是国家治理,全部都是这个意思。要放得下自己才能做成自己,要把权力交给百姓政府才最有权力。由此我想到一个比喻,那就是:当你握紧双手的时候,你一无所有;当你张开双手的时候,你拥有世界。因此,放松、放开、放下自己可能才是使自己心灵纯净的方法。

  一个小时之后,右肩的老地方酸胀出现,很模糊,但随着时间的推移,越来越明显,接着整个肩胛骨都开始发酸,然后是脊椎右边的那一溜,好在胸腔骨没有疼,否则呼吸都不容易。一个半小时的时候,左边肩膀与手臂相交的那一点出现疼痛,但不剧烈。然后右边的膝盖相当疼痛,后来自行调整了一下,疼痛减缓。此时,全身的真气汹涌起伏,我只要一想真气的流动,立刻后背火热,感到气流的走向。全身的毛孔张开,并且似乎感知到它们的呼吸。两个膝盖也有发热的感觉(这在以前没有出现过),温暖。

  在这样充满疼痛的"万物并作"的情况下,我开始盼望闹钟的声音,但它就是不出现。我坚持,突然感觉自己像一座雕像,脚底生根,一动不动,好像所有的关节都锁住了,不会动弹,入定。10分钟之后,闹钟音乐响起来了,而我的双腿都直不起来了,右膝盖火辣辣地疼痛,不敢马上伸直。犹疑许久之后,才踮脚收功。

  到那时,肖邦的音乐又在耳边响起,而之前没有成形的诗句却跳了出来:"你的黑夜是我的白天/我的白天是你的黑夜/当白天与黑夜擦肩相遇/却发现已是你中有我/我中有你。"

  祝各位周末愉快,无量寿福!

晓萍

晓萍老师：

您实在是了不起！！我可是花了相当长的时间才达到站桩两个小时的，您竟然在两个多月就完成了！我感觉压力倍增，要多多努力才行了，呵呵！

无量寿福！

June

第六十八天(星期日)

各位好！

感谢 June 的鼓励！我计划从现在起每星期中有一次练功要超过两个小时。

昨夜雨声不断，今早醒来时却已蓝天白云，湖水也是碧蓝色的，一个美丽的早晨。

一起床就冥想，闭上眼睛还能"看见"蓝天碧湖，但却听见风声呼啸，有时还相当猛烈。偶尔也有鸟叫的声音，似乎来自好几种不同的鸟。头正，身直，舌顶上颚，面带微笑，双脚与肩同宽，双臂自然下垂，预备式三分钟后，自然进入状态。

大概五分钟的样子，两只手心开始发热，之后一直保持。头脑里基本无甚杂念，只有昨天的那几句诗还在那儿徘徊——"你的黑夜是我的白天"。今天整个身体的感觉特别好，真气一直勃发，而且如波浪般汹涌起伏。到 30 分钟的时候感觉每一个毛孔都张开呼吸，那时两只手臂仿佛已经不存在，但却能感到手臂上毛孔的伸张，很有趣。而食气现象发生的时候，确乎也能感到是丹田之气涌到胃里作用的结果。那个虚无状态持续良久，肩部和背部只有小小的紧张感，没有疼痛。我想象自己是一棵树，双脚已在地上生根，身体直直地站立，风吹不动。唉，如果我真是一棵树，该有多好。我是个树迷,喜欢各种各样的树,而且春夏秋冬的样子都喜欢。尤其是冬日的树,树叶全无,"赤身裸体",把生命的本质暴露无遗的时候,才发现每一棵树的形状、枝干都有其独特的美感,而且不管是以什么颜色的天空为背景,都是一幅具有历史沧桑感的孤独美丽的剪影,尤有版画的味道。

昨天的钢琴演出让我很有感慨,不仅惊叹学生的进步,也特别佩服老师的努力。这个"肖邦音乐学院"其实是一对夫妇自己开设的。他们俩都是钢琴专业的博士,具有出色的演奏技能。毕业后联手成立了这个学院,也就是六七年前的事。在这六七年中,他们的学生人数从三个扩展到了一百多个,教师的队伍也从他们两个扩展到了十二个。一开始的学生都是七八岁的小孩,而现在学生的年龄从五岁到十八岁都有。今天有一位表演者就是高中毕业生,已经被华盛顿音乐学院录取,就读钢琴专业。看见那些学生从小时候的婴儿肥一点点长大,到现在变成少男少女,英俊挺拔,亭亭玉立,再听他们的琴声,从弹《一闪一闪小星星》(*Twinkle Twinkle Little Star*)到现在演奏肖邦、拉威尔、李斯特的曲子,真有脱胎换骨的变化。而这两位钢琴博士除了自己教学、自己经营这个学院之外,还组织了许多钢琴比赛,包括每年一次的国际性钢琴比赛(Seattle International Piano Festival),把自己累得够呛,但是所产生的影响也非常大。连续几年办下来,已经在本地建立了很高的声誉;而且他们的学生之优秀,也是有目共睹的(有耳共闻应该更合适)。他们俩是音乐家兼创业者,我对他们充满敬意。

大约70分钟的时候,我决定结束冥想,其实那时全身滚烫,上半身虚无,感觉还相当美妙。又食气,同时感觉膝盖较疼,腿慢慢伸直的时候有点颤抖。接着我就感到这种颤抖传达到了内脏器官,它们也开始轻微地颤动,因为感觉奇妙,我就任其发展,颤动幅度渐增,大约五分钟后,我用意念让它停止,然后并拢双脚,开始收功程序。

今天总共冥想的时间为 90 分钟。睁开眼睛,发现云层渐渐变厚,树枝还在摇曳。不知今天其余的天气如何。晚上我们还要参加姗姗的小提琴独奏汇报演出呢。

祝各位无量寿福!

晓萍

第六十九天(星期一)

各位好!

今天一早就来到办公室,站在落地窗前,看到太阳躲在云层后面忽隐忽现。我闭上眼睛开始冥想。

进入状态后不到十分钟,手心发热,很均匀,面积也很大。隐隐觉得肚子有点饿,就想到今天是自己的辟谷日。从上星期开始我决定一周辟谷两日,让肚子轻松一些。虽然我自己"不食人间烟火",但还是要和烟火打一点交道,因为需要为家人烹饪。想了一下今天回家后可以做的菜:韭菜炒蛋,长豇豆炒霉干菜,排骨萝卜汤,毛豆香干肉丁,应该够他们吃了。

身体慢慢变热,到日光灯嗡鸣的时候全身的真气已经勃发,而此时太阳也从云层后面出来,感觉眼前一片光明,整个身体一下被阳光笼罩,手背立刻就热了。全身无一处痛点,舒适温暖。此时我又开始"致虚极,守静笃",突然感到手臂上的毛孔张开,"万物并作",马上顺着《道德经》第十六章默诵下去:"吾以观复。夫物芸芸,各复归其根。"这里的"根",让我想到汗毛的根部。归根曰静,静曰复命,复命曰常,知常曰明。难怪师父的徒弟们都姓"常",原来奥妙在此。

知常曰明,连上佛教的说法,"明心见性",心明了真性情就会自然流露,都是一脉相承的。想起昨天看的大卫·R.霍金斯(David R. Hawkins)的书

《正能量与负能量》(Power vs. Force),里面描写的身心之间联系的实验,非常有意思。用一个简单的测量手臂力量的方法,就能够看到一个人心里在想"负面"事物的时候,力量自然减弱;而在想美好正面的事物的时候,力量自然加强。充分表明意识对身体产生的作用,而且这个实验结果放之四海而皆准。在正面事物中,想到"爱"能使手臂的力量达到 500 以上。在负面事物中,想到"羞耻"使手臂的力量降到 20 以下。更有意思的是,在人自身完全不知道的情况下,面对充满正能量和负能量的东西时,手臂的力量也会变化。实验者给被试随机发了一小包东西,其中一包是人造糖精,另一包是维生素 C,那些拿到糖精的人的手臂力量减弱,而拿到维生素 C 的人的手臂力量增强。这个实验结果也是屡试不爽。他书里提到人体运动机能(Kinesiology)这门学科,研究的就是心、身之间的联系,已经有几十年的历史了。看书的时候想起我刚到美国的时候,就有一个学生在伊利诺伊大学的人体运动机能系读博士,他当时说是"运动心理学",我就没有太感兴趣,现在后悔当时没有好好问问他研究的是什么。

30 分钟之后的身体一直处在真气勃发的状态,只要一想到气的流动,立刻就能感到气流的走向,而且今天特别明显的是前半边身体里面的气流,以前都是后背后颈火热。在这段时间里,思绪中比较明显的是又回到"默契"这个概念。我昨天在写一篇研究"激将法"的论文,突然觉得激将法本身其实是一种间接激励法(Indirect Motivational Approach),因为这种方法里面隐藏的含义是需要体会,而不是直接说出来的,所以要使这种方法有效,默契的存在就变得很关键。

60 分钟时结束,食气现象如期发生,全身还是热乎乎的,手心的热到现在依然保持。

无量寿福!

晓萍

第七十天(星期二)

各位好!

早上听《天气预报》说,这几天不仅天天天晴,而且还会出现夏天的气温,明天会到27℃。太令人高兴了,西雅图的夏天就是人间天堂啊。

站在落地窗前,面对满湖的阳光,我开始冥想。

昨天辟谷也没有意外,总共喝了一大杯牛油果果汁,吃了半个西瓜和半个白兰瓜,以及少许坚果,全然没有饥饿感。但是有一点觉得不太舒服的地方就是没有吃咸的东西,我想不出有什么蔬菜、水果中有咸味的,后来想到榨菜,就吃了一点,不知是否可以?

今早醒来时居然感到右肩前两天在练功90分钟之后出现的酸痛,我想这个酸痛的出现,是否表示原来潜藏的病兆被真气带了出来,现在浮现到表层来了?我接着练习让真气继续工作,就能把它从表面攻出去,然后复原?"通则不痛,痛则不通,生也柔弱,死也坚强",这一块地方从坚硬变柔软其实是一个再生的过程。

进入状态不到五分钟,全身就被真气包围,暖洋洋的感觉很好。我默念"整体意识、良性意识(面带微笑)、颤抖意识(脚底生根)",又想到了"我是一棵树"的比喻。头脑里出现许多我曾经拍的冬日之树的照片,有的凄美,有的孤独,有的快乐,有的朦胧,各有其独特的韵味。在此与大家分享两张。

其余的杂念不多。感到身体渐渐增加热量，等到三个丹田都熊熊燃烧的时候，我知道大概已经过去 30 分钟左右了。比较奇怪的是，在全身都火热的时候，左手肘却觉得凉飕飕的，好像有冷风在吹一样。这是以前从未出现过的情况。我知道左手臂确实有点问题，只是说不出问题在哪里，也许现在真气开始要在这里做功了？凉气一直到 50 分钟左右才消失，而右肩那块地方的酸胀却在 50 分钟之后才出现，但不尖锐，也没有灼烧的感觉。

现在每次感到全身毛孔张开的时候，我就会想到"万物并作"四个字，然后就自动默诵《道德经》第十六章的内容。这部分完毕后，我又默诵了第一章和第七章的内容，十分心怡。昨天看了第十三章，有点小疑惑：

> 宠辱若惊,贵大患若身。
> 何谓宠辱若惊。
> 宠为下,得之若惊,失之若惊,是谓宠辱若惊。
> 何谓贵大患若身。
> 吾所以有大患者,为吾有身,
> 及吾无身,吾有何患。
> 故贵以身为天下,若可寄天下;
> 爱以身为天下,若可托天下。

老子对宠辱本身没有解释,但对宠辱若惊进行了说明,就如大患若身一般。因为有身体,所以人会得病,如果能把身体交出去给天下(就是达到无我状态),那么就不会患得患失,不会在乎宠辱,也不会得病而终。相反,生命反而可以寄托于天下,并因此达到永生。

不过仔细想想,要做到宠辱不惊并不是一件容易的事。昨天因为秘书的事情我与好几个人商量讨论,并提出新的解决问题的方法,结果被大家接受了。当时我就非常高兴,没有"宠辱不惊"。别人赞扬我的时候我也总是高兴,别人有抱怨我就会郁闷,而这些情绪其实也能够促进我不断提高自己。唉,宠辱不惊难道真是像我这样的"常人"需要追求的境界吗?有点迷惑。

60分钟的时候,我决定停止冥想。食气现象如期发生,肚子轻松,没有饥饿感。睁开眼睛,发现湖面竟然有完美倒影,我不禁自问:我的心亦如明镜乎?

无量寿福!

晓萍

第七十一天（星期三）

各位好！

正如《天气预报》中所说的那样，今天一早就阳光明媚。在从姗姗的学校回家的路上，有一个小的森林公园，我突发奇想，今天在公园里冥想如何？

停好车出来，发现外面的空气还是凉飕飕的。看着碧绿的草地和参天的大树，以及清晨的阳光透过树的间隙照进公园，我想站在阳光下冥想应该不会冷,就毅然走进了公园。公园里空无一人,只有我独自一人与树为伍,有可能实现"我是一棵树"的愿望,呵呵。

这是我第一次在野外(室外)冥想,不知会发生什么。选了一个阳光充沛的地方站定,预备姿势之后闭上眼睛进入冥想状态。

几分钟后,手心发热,因为整个人都在阳光之下,所以身体很快也发热了。但是与此同时,感觉到风很大,一阵一阵的凉风不断吹过来,吹过手心处的那些风好像还沾了一点热气飘走,很有意思。公园边上的马路上车流不断,每一辆车开过,不仅有噪音,而且也带起一阵风,如果是大巴士的话,噪音和风力就更大了。

当然,公园里也有很多小鸟。我能清晰地听见圆润的鸟语,还有小鸟振翅的声音,偶尔有两只鸟互相追逐飞过的声音。闭上眼睛,听觉变得灵敏了。嗅觉好像也有所增强。站立了15分钟左右,我开始闻到青草的香气,还有树木(松树)的香气。然后我就觉得阳光好像消失了,只有阴凉。稍微睁眼瞄了一下,发现太阳已经转了角度,我现在已经完全在树荫底下了。

我不能动弹,心里想着"不迎不拒",坦然接受现在的一切。又默念"整体意识、良性意识",心里想,只要心中有热,又何惧寒风;就像如果心中有阳光,走到哪里都是晴天一样。然后我就仿佛看见自己真的变成了一棵树,全身虚无,与周边的自然环境融为一体;这种感觉非常美妙,大约持续了一分钟左右。

冷风继续吹着,发梢被吹到脸上痒痒的。有趣的是我的身体不觉寒冷,但是双手却是越来越凉,慢慢地连手心里的热气都感觉不到了。耳边突然响起了周杰伦的歌《简单爱》:"河边的风/在吹着头发飘动/牵着你的手/一阵莫名感动/我想带你/回我的外婆家/一起看着日落/一直到我们都睡着/我想就这样牵着/你的手不放开/爱能不能够永远/单纯没有悲哀"。我想,这时如果有一只温暖的手来牵我的话,我就会跟着走了。

怕自己在毛孔张开的时候被冷风侵袭,我决定结束冥想。那时突然出现了昨天看到《纸牌屋》里的 Underwood 终于登上了总统宝座的情景,头脑中立刻跳出两句北岛的诗:

  卑鄙是卑鄙者的通行证,
  高尚是高尚者的墓志铭。

觉得实在是对 Underwood 的卑鄙行径和当时在任总统的高尚举止的绝佳总结。

冥想完毕时看了一下时间,居然已经过去了 62 分钟。

无量寿福!

晓萍

第七十二天(星期四)

各位好!

昨天早上因为凉风吹袭而草草收功,总觉得不是滋味,因此到下午的时候我就打坐冥想了 40 分钟,很快进入状态,而且全身无一处疼痛,相当美妙。

今天在家里,面对蓝天碧湖,也是很快就进入冥想状态。可能是气温较高的缘故,不到两分钟手心就发热了,然后渐渐真气就充满了全身。有好几分钟没有杂念,头脑空白。正想着"清空自我"的目的快要达到的时候,昨天晚上那场钢琴独奏音乐会的场面就浮现在眼前。演奏者是知名钢琴家约翰·里尔(John Lill),这是我第一次听他演奏,不管是演奏技巧还是艺术性都令人震惊,尤其是普罗科菲耶夫(Prokofiev)的《托卡塔》(Op. 11),总共四分钟,每一个音符、每一个和声之中聚集的能量都被他炉火纯青地表达出来,而且他的年纪也肯定超过 60 岁了,居然还有如此刚健飞扬的手指和力量,令人叫绝。全场起立,掌声经久不息。真是当之无愧!

不到 20 分钟的时候全身已经熊熊燃烧,热浪一波一波地袭来,每一个毛孔都张开了,万物并作。我又突然想起昨天看到《时代》杂志上评出来的 2014 年最有影响力的 100 人,第一名是女歌手碧昂丝。特别引起我注意的是有四位中国人上榜:马化腾(腾讯总裁,QQ 和微信对中国人沟通模式的影响),马云(阿里巴巴董事局主席,淘宝、天猫、支付宝、余额宝对中国人购物、储蓄和中国金融格局的影响),习近平,以及女演员姚晨(她的微博有6 600万粉丝)。提名马化腾的是阿里安娜·赫芬顿(Ariana Huffington),而提名习近平的是上任美国驻华大使洪博培(Jon Huntsman),很有意思。另外一位榜上有名的非中国人是《地心引力》的导演阿方索·卡隆(Alfonso Cuaron),他之所以引起我的注意是因为他说最能带给他力量的东西居然是一本书,什么书呢?《易经》!他无论去哪儿,都会带上《易经》,用它作为了解自己态度和行动的指南。从照片上看,这本《易经》已经被他读烂了,边角翻起,颜色褪去,已然行过万里路的样子。这下激发了我要去读《易经》的兴趣。

40分钟的时候已经热得不行,而且全身竟然仍无一处疼痛,又到了"致虚极,守静笃"的状态,心静如有完美倒影的湖面,水波不兴,不迎不拒,准确反射客观存在。这时就想到了一大堆等着我完成的工作……还没有看邮件呢,就知道今天的工作将相当繁重。

60分钟时右边的肩胛骨已经相当酸痛,火辣辣的。我决定收功,第二次发生食气现象。睁开眼睛,外面的世界依然阳光灿烂。

无量寿福!

晓萍

第七十三天(星期五)

各位好!

因为有夏天的感觉,今天穿了凉鞋。一早来到办公室,脱掉鞋光脚站桩冥想。

太阳躲在树叶后面,闭上眼睛之后,感到光忽隐忽现,可能是树枝在摇晃。昨天是我的辟谷日,今天肚子比较轻松。进入状态后,就想到昨天陪姗姗上钢琴课时看到的《时代》杂志上的一篇文章,题目是"Let There Be Darkness",心中有所触动。文章里介绍的是一位女性牧师对"黑暗"的感受和体验。在她看来,当今世界对光明的追求过于强烈,以致造成了讨厌黑暗或者恐惧黑暗的文化。而事实是,黑暗才是孕育光明之母,不知黑暗,怎知光明?比如,种子要在泥土的黑暗中待上数月才会破土而出见到阳光,而胎儿不是要在母亲黑暗的子宫里待上九个月才有足够的能量冲出母体相遇光明吗?因此,如果一个人能够每天在纯粹的黑暗中与自己独处半小时的话,对世界、对自己都会有更深刻的认识。她自己每天在天完全黑之后出去散步,并在森林之中建了一个小木屋,躲在那儿写作。黑暗孕育光明。这让我想到我最喜欢的顾城的两句诗:

> 黑夜给了我黑色的眼睛,
> 我却用它寻找光明。

不知是因为天气还是因为我自己的功力增强,不到两分钟手心和中丹田同时发热,真气很快就充满了全身。我默念"良性意识、整体意识",然后感受气流的方向和强度,每次一感受,就会觉得全身火热。太阳慢慢地爬上来,一会儿,就如站在聚光灯之下,一片亮堂堂的。就这样一动不动、无痛无痒、浑身火热地站着,直到听到日光灯的三声嗡鸣。突然就被从虚无之中拉了出来,冥冥中想到自己生命中那些特别投缘的朋友。我一直觉得自己能闻到一个人的气味,也许是第六感觉吧,常常很快就能判断另一个人的"气味"是否与自己相投,这么多年来,那些朋友,就算多久没有联系,或者完全没有联系,那种默契和气味也不是岁月可以磨灭的,它仿佛就是生命的一个部分,这个部分一被触发,立刻发生"化学作用",相投的感觉立刻回来了。人体触角的敏感是多么有趣的研究课题,但又是那么不可言说。

快到一小时的时候,我突然发现自己的双脚已完全失去知觉。不知是否因为光脚的缘故,这是第一次。今天要连着参加五个会,我于是决定结束冥想。

祝各位享受阳光,周末快乐,无量寿福!

晓萍

第七十四天(星期六)

各位好!

今天一早送姗姗去考美国大学入学考试(SAT),签到处的人说她怎么还没有上高中就来考 SAT 了,很惊讶。姗姗微笑而不语,我夸她"勇敢"。

因为这个中学的剧场没有开门,我只能另找练功的地方。想来想去,觉得离中学不远的 Target 可能是一个好的选择。过去一看,果然已经开门,店里人烟稀少,我找了一个比较靠边放食品的通道站定,预备姿势三分钟,然后进入冥想状态。

手心很快就热了(看来我的功力是增强了),真气渐渐弥漫全身,我想着吸—静—呼—松,自然就感觉到安静放松。店里静悄悄的,但是有风扇和冰箱以及日光灯所发出的不间断的噪音,都被我收入耳中。偶尔也听到脚步声,通常是在别的通道,但有几次就到了我这儿,都是母亲带孩子来买零食的。有一家好像是今天要开派对,听到他们往购物车里扔进了很多食品盒子。虽然有这些干扰,但我觉得整个身体的真气还是在不断加强,而且我也能做到不拒不迎,全当是额外的风景。

大概有 20 分钟都没有什么杂念,我关注身体,把意识放到手臂和肩膀上,无甚感觉,放到背部,也一样。然后就进入虚无状态,脑海里突然想到"生也柔弱,死也坚强"的话,思绪就飘到关于坚强和柔弱的题目上了。我想到可以用两个维度来描述究竟是强好还是弱好的概念。第一个维度当然是

强—弱,第二个维度则是内—外,因此就有四种组合:

外强内强;外强内弱;外弱内强;外弱内弱。

中国古人说的"外圆内方"其实就是"外弱内强";而"外强中干"其实就是"外强内弱"。我个人以为,外在强弱其实关系不大,内强,也就是内心的强大坚韧才是最重要的。而内心要强大坚韧,信念和信仰恐怕是基础。有宗教信仰当然就容易做到,美国歌手如麦当娜、凯蒂·佩里等基本属于这个类别,但是这个信念和信仰其实也不一定非要来自宗教不可。

对美国的多年观察让我发现一个有趣的现象,那就是虽然美国大部分人有宗教信仰,但是在知识分子中有宗教信仰的人的比重其实是比较小的。我读博士时的导师吉姆·戴维斯(Jim Davis)就是一个典型的例子。那时他每个星期都有一个下午要带我们这帮博士生去酒吧(Coslow's)喝酒,我当时只喝可乐,他有时会嘲笑我不喝酒。在酒吧的时候我们基本不讨论学术问题,而是听他侃大山。他很喜欢讲故事,而且善于讲故事。我记得有一个就是关于教堂的。他说从小他父母就带他去教堂,但是每一次他在教堂里坐上一会儿,就会觉得到处都痒,坐立不安,一般总是还没结束就得离开。所以用他的话说,上帝不喜欢他,他也不喜欢上帝。Jim 不仅不信上帝,而且还时常讥讽那些教徒。比如,那时正是 20 世纪 80 年代末,有一个叫张德培(Michael Chang)的华人网球明星正当红,而 Jim 自己每星期打网球,所以非常喜欢张德培。可是,他说有一次在电视上记者采访张德培,问他为什么有如此卓越的网球球艺的时候,他把重要的原因归结于上帝。Jim 一听,立刻把对张德培的好感和崇拜收回。我当时愕然,美国的知识分子对上帝如此不屑?(顺便说一下,这个张德培现在就住在西雅图)

现在回头思考,发现有一个重要原因,那就是知识分子的独立精神。知识分子是社会的精英人士,他们的思维超过普罗百姓,智慧也超越普通人,因此,对于他们,不需要宗教信仰一样可以达到内心的强大坚韧。不仅如此,没有对某一种宗教有特别的信仰,还可以更客观、中性、准确地感知世界,更具有开放包容的心态。美国的知识分子以此表达对社会普通潮流的"反动"。而在当今中国这个普遍缺失宗教信仰的文化中,社会精英或知识分子提倡或建立自己的信仰反而是对那个社会潮流的反叛。因此,我的结论是,具有独立精神的知识分子具有批判和反叛/反思精神是社会的共性,当然他们表达的形式和内容则与其当前生存的文化状态有密切的关系。

在冥想过程中把这个问题想清楚了让我挺高兴的。身体依然暖洋洋的,45分钟左右食气现象发生,而肩膀部位的酸痛也出现了。60分钟结束,再食气,肩部的酸痛持续。

无量寿福!

晓萍

第七十五天(星期日)

各位好!

俗话说,四月雨水五月花(April Shower, May Flower),果然不假。这两天发现院子里姹紫嫣红。那些大朵的红茶花和白茶花正在凋谢,但深红色和粉红色的杜鹃花、白色的茉莉花、紫色和白色的石南,还有爬藤的紫藤花都已经盛开。日本红枫的新叶刚长出来,柿子树的嫩绿树芽也爬上了枝头,邻居家大朵的绣球花正在怒放。美丽的春天,万物并作的季节!

今天早上起来冥想,看窗外却是雨雾蒙蒙,让我想到"雨水洁净空气,泪水洗涤心灵"这句话。昨天半夜的时候被电脑重启的声音吵醒后,有一段时间睡不着,起床时就觉得头有点疼。但我想"真气也许可以修复大脑",就站定,放松,进入冥想状态。

昨天收功时肩部存有酸痛感,开车时有点感觉,想到师父说的其实无时无刻都可以练功的话,就想我能不能用意念想一下让真气跑到那儿去做一下功。意念启动之后,果然能感觉到肩头的热气,那儿就温暖起来了。另外我发现,我手心的热气也可以停留更长时间,就像现在冥想结束之后半个小时,手心里还有真气残留。很有意思。

与前几天相似,进入状态两分钟左右,手心就发热了。今天在家里,所以我决定光脚踩在羊毛地毯上。情不自禁开始数数(呼吸),手臂抬起,很快就觉得两个肩膀都紧绷绷的,不疼,但是很紧张,上臂也不轻松。我观察、体验,但不喜不怒,默念"整体意识、良性意识",让真气弥漫全身。那时,有一个关于 Mindfulness 能产生自我调节效应的想法飞了过来,感觉到有必要对自我调节的来源、内容和对象做一个区分。

一般来说,自我调节是指个体对自我认知和情绪的调节,是个体独自反思自己之后所采取的行动,通常在孤独的状态下进行。但我想到另外一种自我调节是在与别人发生交往的时候产生的,也就是 Social Mindfulness,你在意他人的存在,因此调节自己的态度、情绪和行为使别人觉得舒服。这种调节是否可以叫做他人调节(Other-Regulation)?当然,仔细想来,最后的调节都是要通过自身的努力完成的,只是引起"调节"的源头/触发点(Origin/Trigger)不同,一个来源于自身,另一个来源于他人。

这样区分之后,我发现一个有趣的观察,就是这两种调节是相当不同的概念。有的人自我调节强,但他人调节弱;反过来,有的人他人调节强,但自我调节弱。当然也有人两种都强或两种都弱。从领导力的角度来看,最理想的状态应该是两种都强,也就是说,一个优秀的领导者不仅能够对自己的行为和态度有强烈的自我意识并能够主动调节,而且在面对人际情景时,也能够在意别人,并主动调节自己的态度和行为与别人和谐相处。

15 分钟左右身体就已经相当热了,经常能感觉到气流从后背穿过,一波一波的热浪,穿越的时候也能感到气钻进了肾脏。肩头还是紧紧的,但不疼痛。持续至 30 分钟时,已有火热的感觉,食气现象也出现了。在持续到 50 分钟的时候,能够清晰感觉到额头上渗出了细细的汗珠,整个身体熊熊燃烧,再食气,头疼好像消失了。

接着就想到我正在写的关于"默契"的论文,我已经对此下了一个定义。从表面上看,默契就是"不需言语两个人就能准确理解对方的意思"。把这个概念放在"沟通"这个大题目下,默契其实就是"有效的高语境沟通"。高语境沟通被定义为"不依赖语言而是依赖语境进行沟通",而语境又包含四个方面的内容:"语言本身的含蓄程度,沟通双方的关系背景,沟通时的表情、动作、肢体语言,以及沟通的时间性"。当两个沟通者不需要语言,只需要从对方说话的时间、地点、方式或者不说的部分就能准确推测出对方的意思的时候,这两个人之间就可以说存在默契。中国人常说的"心有灵犀一点通""心知肚明""心照不宣""一切尽在不言中""此时无声胜有声"都是对默契的不同表达。

如何达到默契是我的论文要主要攻克的部分,不知各位对此有何高见?

本来今天我打算冥想两个小时,但一想到论文后天就得交稿,只能 60 分钟就结束。

无量寿福!

晓萍

****

  今天是我冥想修炼达到两个半月的日子。我的体悟到此就告一段落了。修炼是一个永无止境的过程,其中有苦有乐、有喜有悲,更有杂念纷飞。等到我在冥想过程中什么杂念也没有的那一天,再回来和大家分享在那个境界中的感悟吧。我们后会有期!